信片生活劇場

第二屆 BenQ真善美獎作品大賞

明信片生活劇場

第二屆 BenQ真善美獎作品大

明信片生活劇場　第二屆BenQ眞善美獎作品大賞

Contents

名家示範————————————————————

得獎作品————————————————————

序　楊澤

第一張明信片在一八六九年的奧地利被寄出，原先只是簡短傳達一句話的卡片。

到了十九世紀末，這種手工藝已逐漸發展成圖像明信片的模式，

功能就像現在一樣，用來打招呼，報平安或吹噓。

內容不會很親密，也不可能帶有什麼重要秘密，

因為你並不想讓郵差一眼瞧在眼底。

既然這樣，為什麼旅人還要寫明信片呢？

為了可以讓端坐家中的收卡人一下子從椅子上跳起來，

既有某種唬弄作用，也有誘引效果，更可提早一步，率先讓收卡人感到嫉妒。

當然，也可以印證收卡人心中對「他者」的既定形象，或是跟他們強調旅途的迢遙。

忙碌的人會使用它，因為明信片就像慢幾拍的電報般。

它其實是很靈活輕巧的東西，也是旅人最方便經濟的溝通方式。

這是旅行文學家索魯（Paul Theroux）為《異國風土明信片——遠土的召喚》

（ *Exotic Postcards: The Lure of Distant Lands,* 2007）一書所寫序文中的一段，

雖是草草幾筆，卻為早期明信片提供了一個扼要的定義，既簡明又生動。

就在這段引文前後，索魯同時穿插寫到，攝影術在十九世紀二〇、三〇年代發軔，

中葉以後跟隨著西方殖民者的腳步，在全世界蓬勃發展，這算是清楚點明了，

明信片的興起其實跟旅行，以及跟早期攝影息息相關。

一如索魯指出，一戰是個重要分水嶺，往前推的幾十年間，

英法德三國殖民統治大半地球，標榜異國風土、風俗，

帶有濃濃人情味的早期攝影明信片可說風行一時。

《異國風土明信片——遠土的召喚》書封。

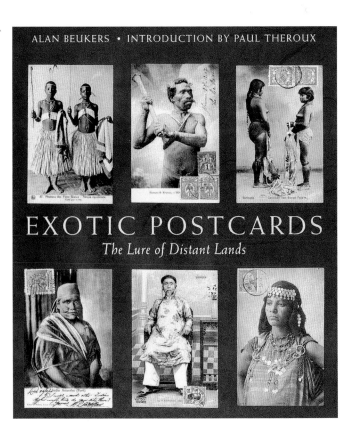

本文作者珍藏的日治時期
自製攝影明信片之一的正反面。

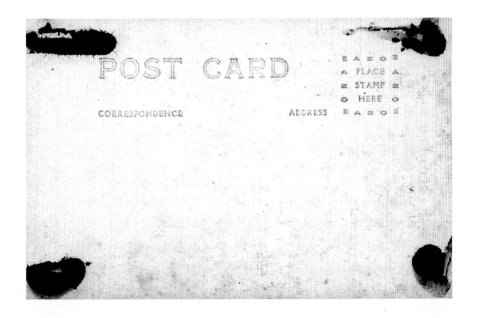

POST CARD

CORRESPONDENCE   ADDRESS

但熟悉這層歷史關係的人曉得，明信片在當年又要比照相普及。

從我們「數位快照」、Flicker盛行的二十一世紀回頭看，也許有點難以理解，

爲什麼被大量複製的，不是照片，而是明信片。

也許我們應該這樣說才對，早期攝影其實是透過明信片才得到普及的。

長久以來，我頗習於在台北或異國街邊的小攤，

尋訪老照片、老明信片而自得其樂。

對我來說，泛黃的照片或明信片，同樣是一種閱讀，

不管是在台北的昭和町，或是在美國東岸的古鎮，

我都可以一個人，對著一張「有意思」的舊明信片、照片悠然神往，良久良久。

明信片雖曰「明」，照片雖曰「照」，閱讀起來總有一種圖文互證的樂趣。

我的意思是，就像鏡子的兩面，總有一面是遮住的。

在冷攤上找到好玩的相片時，背面如果有字，

即使字再潦草，再歪歪倒倒，即便只是寫了日期，

對我都有「如聞天音」、「如獲至寶」之感。

明信片更是這樣，經過郵寄，它上面貼了郵票，蓋了郵戳，

本身就有好多符號等著你去讀解。

因爲無法一次看見兩面，你會看看正面，再看看背面，反覆看過幾次後，

隻字片語，都宛如靈光乍現，宛如神秘的天啓，不啻古人所說的「有詩爲證」。

明信片比起傳統家書，或更後頭才出現的航空郵簡都很不一樣；

明信片因爲不是長信，紙短情長、長話短說的結果，

它基本上是種小品文，而且一面有字，一面有圖，

可說是一種現代圖文配合的實驗。

今天網路上的年輕人喜歡說「無圖無眞相」，

明信片的圖文結合常呈現情景共生的狀態，

寫卡人巧妙地扣緊所在的時空場景，用情去mark（做記號、打叉叉）景，

用景（勝地、奇景，或日本人所說的「名所」）去remark情，

情景相互輝映下，激出了不尋常的趣味與火花，

所謂「寓平凡於不凡之中」、「寓不凡於平凡之中」是也

（不凡，remarkable；平凡，un-remarkable）。

在某個逝去的年代，拍照是件難得之事，不折不扣的一種儀式，

既是「美感的瞬間」（aesthetic moment），也是「特權的瞬間」（privileged moment）。

當時，世界各地的有錢人每每樂於從自己的生活照中取材，

製成一組組的明信片，不見得一定要寄發，至少可存檔留念。

我因此在冷攤上收了不少這類來歷特殊的攝影明信片：

日治時期，確切年代不明，卡片正面同一個帥帥酷酷的少年郎，

一身新潮配備，膚色黝黑，攝於水上競逐前後，莫非是當年划船界一名新秀。

但，問題接踵而來，重點在於：少年尊姓名諱，渠乃何人之後——

或受何人提拔（protégé）——

年紀偌大，即得以從事這類水上活動，出現在高尚時髦的渡假海灘，

且備受攝影獨照／製卡的特權榮寵？

相對之下，下一組明信片就一目了然：

影中人，望之儼然、凜然的老派德國紳士，隆鼻大耳，梳櫛整飭，宛如嚴陣以待。

卡片同樣未寄發，背面三行德文「給我親愛的門生，徐少尉閣下，以記友誼。」，

底下自署Erich Senezek，並有「(19) 35，9，28，南京」的時地字樣。

Senezek先生，顯然是當年南京國民政府的軍事顧問，兼有文官及武人的身份，

胸前兩粒佩章，雙眼炯炯，既威且怒，

表情姿態有種君臨天下的絕對自信感，「法西斯美學」此之謂歟。

時代的轉變，不費吹灰之力，我們幸運地繼承了過去，

少數貴族、文化菁英階級才擁有的書寫閱讀與視覺溝通的能力。

數位快照時代到來，我們，幾幾乎乎是每個人，

都可以，都在大量地、無限制地拍。

從前，有錢人上流階級才擁有的，才可能被保存下來的，

那些「特權的瞬間」所帶來的影像及記憶，如今已悄然向芸芸眾生開放。

然而，在一個影像無所不在、數位無遠弗屆的地球上，

明信片是否已褪盡光環，變得氾濫、唾手可得，一點也不稀奇？

早期的攝影明信片是一個里程碑、一件了不起的大事。

它不單象徵財富，更代表知識。

發現世界、發現現代生活固然有各種大小藍圖可循，

明信片卻宛如世界這本大書上的小書籤，

寄卡人與收卡人藉之發現「異文化」的存在，

遂逐步走向建構多元現代世界的大歷史之中。

時至今日，隨著攝影與旅行的普及，「異文化」的知識是否有望蛻變成，

每個自我的一番體認：不管他方還是家園，在這地球上，

每個人皆是異質性的存在——揹著孤獨的宿命走向親密，一個頻頻向遠方的他人

（其實也正是遠方的自己），寄出明信片的世界旅人。

直到今日，我們仍活在各式各樣的明信片所打造的生活劇場裡。

關於明信片，周遭聽來許多好玩的故事，聊記數則如下：

美國朋友D，大學時代上過一門叫「郵遞藝術」（Mail Art）的課，

課堂作業簡單極了，你願意寄什麼東西給老師皆可，只要貼郵票、蓋了郵戳。

D第一回拿厚厚的硬紙板塗鴉，順利寄出；

本文作者珍藏的日治時期
自製攝影明信片之一的正反面。

本文作者購自舊書攤，
二次大戰前夕德國駐華軍事顧問Erich Senezek
自製攝影明信片正反面。

第二回卻碰釘子：他把可口可樂的鋁罐壓扁敲平，

沒想到郵務人員認定「超重」，怎麼說都不被接受……。

M，早年隻身在日求學，不知不覺地養成後來旅行異地，

必寄明信片給京都大學畢業的爺爺的好習慣，累積至今，已有幾百張之多……。

L的忘年之交，英國老太太T，每年照例發電子賀卡給散居世界各地的親朋。

想像年過八十的老人家，自己上網抓老式的圖檔，

做成感恩節賀卡、聖誕卡、新年賀卡，甚至情人節卡！

K說，早在二、三十年前，日本年輕人便時興寄明信片給自己，

所到之地大多為印度、非洲等第三世界貧國，

且專挑（幾分恐佈、噁心的）奇風異俗的老明信片寄，態度炫且酷！

K說，台灣小孩如今也跟上這股流行，唯態度、做法並不同調，

去的還是歐美上國，寄發的明信片無啥特色，

主要是，據他們自己說，為了記錄瞬間時空的感覺，

寫像自己日記一樣的東西，進一步亦可保存當地的郵票郵戳云云。

五年級的W和C，離台分別去了英國與德國，學設計和現代舞；

之前，逮到機會出國，即勤於寫明信片給彼此，如今定居英國和歐陸，

還是常寫卡片給對方，且一逕強調，這樣做「很歐風喔」！

數位時代到來，一切變得那麼的快，那麼的馬不停蹄，

你下定決心在這裡面追求一種慢。

你拿出一摞摞旅途上拍到的照片，試著用各種新奇的方式處理加工；

你找到當地的奶粉包裝、火柴盒圖案、旅館早餐券、車票、報紙、傳單等等微物件，

手工拼貼成一張張酷斃了的明信片；

但，光這樣，你並不滿足，你把每張明信片拍下來，

重新輸出，繼續在上頭寫字，寫信，玩花樣……。

在這一切的背後，你深深懷疑，世界是個禮物，

一個巨大的記憶盒子（「中國盒子」，所謂盒中盒）；

你深深懷疑，為什麼有人，肯把自己的愛與孤獨拿去和別人交換，和世界交換……。

名家示範

作　家	顏忠賢	東大寺——我在大佛前的不安與恍惚
作　家	郝譽翔	看不見的城市
作　家	陳玉慧	問神
第一屆一獎得主	林亦軒	作品集
第一屆二獎得主	游　戲	花事
第一屆三獎得主	馮君藍	信心切片
第一屆創意獎得主	許鴻潮	行腳三景

顏忠賢 作家

東大寺——
我在大佛前的不安與恍惚

親愛的大頭

我在這尊龐然的毘盧舍那佛前一直無法再度誠點再承諾點更多的什麼。
這令我感到不安……

東大寺之所以動人，對我而言，並不是由於它是現存全世界最大的木造建築，
或在西元第八世紀就動用了壹百陸拾萬人來蓋出這廟與這大佛的巍巍蕩蕩……

也不是因爲佛像銅身重達452噸，蓮花座有56葉蓮瓣，
僅小指的長度就長1.36公尺種種尺度的驚人。

我反而想起的，是我在八卦山下竟是每天看著大佛長大的童年。
彰化城裡每個角落都看得到的那個著名的大佛，
據說就是依這個東大寺的毘盧舍那佛的金身形貌做成的。

親愛的大頭

書上寫著天平勝寶四年也就是西元七五二年以來，
大佛開光之後就看著日本歷來不曾停歇的天災與戰火。

金堂第三代重建於1709年，仍然在49米高的大屋頂
裝上金色的魚尾與裝飾的無比華麗……
甚至廟身正立面保留一個和大佛雙眼等高的窗洞的神秘……
使得人們在很遠很遠就可以看到大佛的眼睛……

但我很仔細端詳卻仍然看不清楚，在這個東大寺的南大門前，
那佛還是太高太遠太深……
我在始終看不見的沮喪中，想到更多我的渴望，
我的因之顯而易見的輕忽、貧乏，與不免的恍惚……

親愛的大頭，我其實是在這古寺大佛舉起掌面揭出的手印那種更神秘的召喚中，
想起我早已離散的，在出生那個島在彰化那個小城的……
應該還依稀殘存對那「佛」的鄉愁。

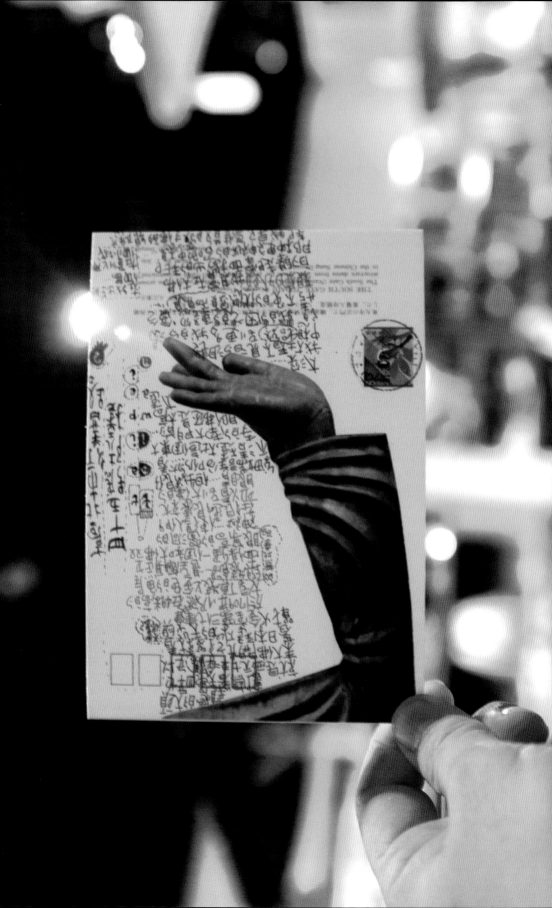

從那種荒涼、昏暗的記憶深處……
找回來還是有些歌詠當年青春、歡樂和幸福的餘韻，
一如褪色的彩色老照片中小學遠足或是闔家光臨（媽媽撐陽傘小孩在旁邊那種）
都還是在八卦山大佛又黑又高的身影前留下了畫面的僵硬或不僵硬的微笑……

但在奈良的東大寺前，有著成群漫步於公園的鹿的動人，
有著國寶等級金剛力士八公尺高的門神木刻像的壯麗，
有著更高明如這種由僧堂傳統留下的茶粥式的種種料理（及其典故）的可口……

在這裡，親愛的大頭，我總覺得古代一直沒有消失過，
來這東大寺的大佛前，（在我們那個島早已不見了的）唐朝好像又回來了，
整個祖先們的憔悴、稀薄過或甚至天災、人禍過的故事
（一如一再重建金堂金身般地）又回來了……

我該因此更虔誠點或再承諾點我自己的身世更多的關於「大佛」的什麼……

郝譽翔 作家

看不見的城市

廣東開平——平行的世界

在寒冷的冬日下午，我來到廣東開平。
那是一座充滿了異國風情的僑鄉，但如今已然沒落，被凍結在歷史中輝煌的片刻。

石砌的街道，瀰漫出不真實的水光。
建築物融合了巴洛克、羅馬廊柱與中國式的飛簷，交織成一種突兀的風格。
為了防止瘴癘與盜匪，碉樓建造得堅固無比，門窗一律用銅，或是鐵緊鎖。
當夜晚來臨之時，所有的村民都躲在碉樓裡面，才能夠安眠。
而那是無數燠熱與漆黑的夜，厚重的石牆，
將猜疑、恐懼、以及慾望的喘息，重重包裹其間。
不知名的槍聲此起彼落，消失在遠方。
而蟲蚊正在茂密的樹林中奮力孳息，發出絕望的哀鳴。

如今，開平的居民仍舊是行走其上，居住其間。
古老，卻又不自覺其古老。
彷彿那是一個與我們世界平行存在著的，另外一個世界。

新疆樓蘭──雲夢大澤

我已經厭倦關於這座城市，甚至這一座古國的神祕傳言了，
包括探險家斯文・赫定如何在一次垂死的沙漠之旅中，
奇蹟般發現了它的存在，而將它從時光隧道中搶救出來。
然而，時間才是眞正的智者，它爲這座城市瀝去一切的雜質，
而只留下了最爲簡潔的面貌：太陽，三堵泥牆，枯枝。

想像這裡：曾經是絲路的要道，一座以寶石、瑪瑙與翡翠打造的名貴之城，
商人、政要、小販、婦女、駱駝、商隊、馬幫，人來人往，
舟船浮蕩在巨大而豐美的羅布泊上。
但如今，它卻已從地理上、歷史上完全的消失了，一乾二淨，
唯獨剩下一個美麗的名字：樓蘭，迴盪在乾涸的土地上。

奇怪的是，夜晚，我們在羅布泊上紮營，
帳棚外的月光宛如白晝，但我卻不斷地作夢。
夢，遠遠勝過了白日的風景，而那竟是我對樓蘭最美的記憶：雲夢大澤。

印度拉達克——透明之城

當飛機越過喜馬拉雅山脈，驚險地降落在拉達克時，我不禁欲哭無淚。

這裡標高將近四千公尺，卻只有光禿禿的山壁，以及滿地遍佈的砂礫。
尖銳，冷漠，貧瘠。更糟的是，連氧氣都很稀薄。
我開始不斷地嘔吐，並且吃驚自己的體內居然囤積了如此多的穢物。
於是在嘔吐兩天後，我全身澄澈透明，正如同這座一無所有的透明之城。

我跟隨喇嘛Lotus到寺廟去。
Lotus和喇嘛們坐在牆邊靠窗的紅毯上，喝奶茶，吃餅乾，
時而輕聲說話，時而看向窗外的風景。
天空晴朗。萬里無雲。偶爾有老鷹展翅飛過。
角落裡，三位喇嘛正在專心地以砂作畫。那是曼陀羅。世界抽象的精髓。
本質中的本質。寧靜的小宇宙。四周悄然無聲。而Lotus仍在凝視窗外的風景。
在他的眼中，我見到了這座透明之城的真正面目。

陳玉慧 作家

問神

最初是十歲那年，我一直發燒，四十度，一個星期之久，
醫生以爲我無法存活，但勉力醫治。我最終活了下來。
從此有一年不太能笑，表情僵硬。
我每週都到教會唱詩歌，美國牧師說，你得常祈禱。

耶穌基督，我也曾想過你，在北一女中的操場上空，
我看過你，但卻是裸體的你，彼時我未見過任何除了我之外的身體。
我只能忐目驚心。有一陣子不願再想到你。

多少次，我又忘了你。

然後，觀世音菩薩，你的面容在我心裡浮現。
是女身，低眉垂目，有時站或坐在蓮花之上，
有時臥著，你該有中國人的樣子嗎？
在宋朝前，你是男身，看起來像中亞人。

在我離開台灣之前，那時的電線桿上
全貼滿南無觀世音菩薩或南無阿彌陀佛的字眼，
他們說，只要一直默念便會消災，我從來沒唸過。
觀世音菩薩，是嗎？只要一直默念？

我未靜心念咒，我只說話打誑寫作，說盡似是而非的言語。

那些年，我先去寺廟後來是去教堂，但只像個遊客。

一直到幾年前，我在北德丹麥邊境的一家旅舍，
有人打長途電話給我，「看起來情況不妙，」我整夜沒睡，
也曾呼喚你的名字，耶穌基督，我一直翻看六祖壇經，
但我念著你，多少個夜，多少個日，神啊，我開始問：
我渴望你的眷顧，我應該做什麼？不應該做什麼？

觀自在菩薩，我也聽誦心經。
我無能遠離恐怖。遠離顛倒，夢想，究竟涅盤。
我也不全然盡信輪迴，如何成為佛教徒？如何除去一切苦厄？

而，耶穌基督，天堂的門既然窄狹，若不進天堂，是否就得入地獄？

而耶穌基督，最近在靜坐中常看見你，柔和的臉，淡黃的髮，碧藍的眼，
仍然高處天空，巴西里約吧，或者北京東四環？
我對自己說，神為何總是離我這麼遙遠？
你立刻來到我身邊，坐在沙發上等著我冥想。
我應跪倒在你面前，但我卻沒那麼做，
西藏教徒怎麼從拉薩一路拜跪走到達蘭莎拉？
贖罪的天主教徒如何徒步經過庇里牛斯山？

但另一次，我在餐桌前靜坐。
念頭乍現：我便是觀世音菩薩。
如果我是？我如何看待世人受苦？
下一個念頭起來，惡魔在我左邊瞪著我。
而那惡魔竟然是我自己！
啊，啊，我幾幾乎要掉淚時，
觀世音菩薩，你竟然就坐在我右邊，慈悲地看著我，我才逐漸安靜。
我又哭又笑，逐漸可以接受自己。
自己的善惡，陰陽，是非。

那幾年，我去非洲採訪，在布吉納法索或廷巴布圖，市集裡有人賣耶穌像。
耶穌，你是漆黑的膚色，你的母親亦然。
而在我居住的巴伐利亞，到處都是你的殉難雕像，
你被釘在十字架上，你流著血。你又瘦又佝僂。
我常想像被釘的酷刑。
我很容易想像痛而不容易想像快樂。

耶穌基督，納粹屠殺猶太人時，你在做什麼？
而我傾向災難的選擇，不習於平靜，不但不會愛人，也不接受被愛，
你究竟又有何想法？

我不是從未念及阿拉，穆罕默德先知，你出生時，太陽在金牛座，
你的父母在你出生後便相繼過世，你在沙漠裡長大，是個可靠的人。
你的家鄉之人不接受你，汙辱及毆打你。
穆聖，我曾在大馬士革的一家茶館聽唱可蘭經的故事，
牆上的阿拉伯書法及一隻眼睛看著我，你說，勿嫉妒。
我走過那個你住過的舊城，那隻眼睛一直跟隨著我。

到現在。

穆聖，你說，耶穌未殉難，你當年已差人救走他。
穆聖，你認識佛佗或觀世音菩薩嗎？
你怎麼看待我？你可能安慰我嗎？或者你責備我未努力親近你？

那隻眼睛，那隻眼睛是你的眼睛？還是我的？

林亦軒 第一屆BenQ眞善美獎一獎得主

作品集

我背著背包找到一個適合的椅子坐了下來，背包裡放的是一本作品集，
右手邊一個戴著貓面具的人向我走過來，順手跟我借了作品集。
而迎面像我走過來的是一個把鞋子放在頭上的人，
他告訴我，世界已經顛倒了，他希望也把自己倒過來。

（一）

今天討論的是信念。

就像現在手上的紅色原子筆，
（當然有人會騙你說，用紅色筆寫名字會短壽我花了3年才釋懷），
紅色的油性筆塗在紙上超有感覺，可是我忽然不知道該怎麼開始，
3分鐘終於畫幾撇，然後開始懷疑好像也沒什麼意思，
拿到筆就超想做一些什麼，但塗塗抹抹了以後卻總是不對勁。

拍照本來以為會最滿意的那一張卻又不是那麼一回事；
本來超滿意的構圖過了不久就開始亂改，
那張圖最後就看也不想看一眼地沒膽把它認出來。

有一本叫超前衛的書，前天深深發覺，這個不適合，
不是我想的有幫助的材料，那會掉到妖魔鬼怪的世界，
應該把原文的讀一讀才知道發生什麼事了，
特別是有一個語調看原文書的時候特別快速，才可以發出，
喔原來是這麼一回事的感嘆！！
另外順便帶一提，一個叫做「參照」的詞，
聽起來超厲害有一種要跪下來的魄力。

提到妖魔鬼怪，在箱子旁邊的門後面的樹上面的，
如果有一天當我跟他們一樣的時候，要用哪個姿勢看大家。
每次回過頭就他們消失了，但是那些地方卻是他們要永遠待住的地方，
就是默默地看著你。

我已經亂七八糟了，所有印象這麼的差，
一邊說一邊揭我的瘡疤，說到底困惑像小青蛙但是也可以稱霸。
信念這件事情，我可能把持不住，具體形容來講，
就像看到黃色書刊或光碟之類就會想到接下來不乾不淨破了戒律。

（二）

故事是這樣子。

從一個火車車廂開始，阿料為了搶救那一隻很乖有心電感應的狗，
是一隻咖啡色的，為了脫逃壞人對主人以他做威脅所以跳車的狗，
於是阿料也跟著這麼做。

畫面移動急快，街景訊速的被火車拋下，
這種畫面在Olivier Gondry的star guiter依樣，
但是這次被逼著不得不停止思考。

阿料這麼表達：我本來以為是電影，你知道的，電影總是會有這類驚險畫面。
但是這次不同，已經不能像坐在椅子上看風景一般，欣賞這一幕幕的街景，
因為你知道，你的狗已經為你跳了車，而且毫不猶疑，
這時候你只想跟著往下跳，看看牠受傷沒，時間已經不允許你思考，
因為火車速度實在太快了，你真的會害怕再多幾秒鐘，
你的狗就多離你幾10公尺遠了，你真的會害怕。

他倒抽一口氣，接著說：我走出車門，我看到了鐵軌旁的石頭，
我只想瞄準我能夠跳下的距離，而且抓到那一個點，該怎麼說這一個點，
能體會的大概就像體操運動中你知道在第幾個後空翻後，你會抓到那一個點，
能夠讓你在速度跟地平線抓起來絲毫不差的感覺，
於是你看到那個點，就是這個！！我跳下去了，我的身體也幫助我找到那一個點，
所以我在地上只滾了幾圈，也沒受到什麼擦傷。

我跳了火車，本能的讓速度在身上減少，所以我讓身體隨著滾了很多圈，
我知道我不能刻意停止，那只會讓我受更多傷，
當我知道，夠了，應該可以起來了，我趕緊跑回去看看狗有沒有受傷，
因為牠根本不知道怎麼利用速度，牠會受傷的。
我看見牠搖著尾巴跑過來，牠安全了。

於是我們隨著鐵軌方向走，我們跳了火車，我們已經沒有壞人的威脅。

這是一個美滿的夢，所以我才寧願一口氣睡到下午4點，
我想讓夢繼續，我想知道體操真的有用，我還知道那隻狗，我真的不能沒有牠。

起床後我趕緊找本書把狗狗畫起來，我怕我忘記牠，就算一張不重要的紙，
但是我只要能夠抓到那個感覺，那張紙就變的非常重要，那隻狗就住在紙裡面。

貓面具先生快速翻閱後還我作品集，並且鞠躬轉身離開。
而認為世界顛倒的先生，順口又丟出了一段話：
取這張桌子，你會有個桌面和四支腳，
你可以坐在裡面，坐在上面，坐在下面，或是下面一半。

現在是三點二十七分，我靜靜坐在椅子上，並發現接過手的作品集出現
「他的素描是從一破碎的線條結構出來的，
賦予新的能源加入一些新的神話儀式之類的元素，
從中發現一種從未見過的新的人和動物特質。」

謝謝，你正在翻閱我的作品集。

花事

午前一時。

他才醒過來，拉上帘子的臥房，還有很稀薄的暗。
帘子底下，一道金色的影子，細蛇一樣彎彎曲曲蜷在牆角。
他彷彿可以感覺帘子另一面的陽光熱度，因爲被褥裡也是暖熱的。
冷氣還運轉著，臥室裡只有被子團成的溫暖的繭，
可以和窗戶外頭蟬聲嘶鳴的天候產生連結，而之間沁涼的房間空氣，
也許又可以隔著繭，和他心裡的憂鬱絲絲連結。

剛剛醒轉的時候，他希望不過是做了一個差勁的夢。
略微撐肘起身，察看書櫃旁的花檯；果然，那盆文心蘭還是萎了。
被稱作跳舞的女郎、曾經鵝黃柔嫩的蕊瓣，現在焦槁的跌掛著，
連著軟塌的萼，一個，二個，三個，四個，
再加上後側那一個原本就偏瘦的，看著像是五個自縊的女郎。

老婆會怎麼說呢？

不要太費心去照顧啊。老婆說。

我知道你不喜歡養花養草，能送人的我都叫女兒拿走了。
但是那盆文心蘭跟我有緣啊。
從花市的垃圾車撿回來好不容易養到回神保氣，捨不得喔。
不過你不要費力氣去養，能活就留著不能就找個公園埋到土裡，
也許什麼時候根鬚醒了還要轉世。
她說話時也沒盯著他，怕像囑咐身後事。

老婆名字的尾字也是蘭。

他覺得很對不起老婆。
老是有一種感覺，那盆文心蘭是她留下的信，
明信片，是她說的話，告訴他一件不大不小的瑣事。
而他就像以往一樣，聽聽就忘記了，忘記了事情就辦不好；
結婚沒多久她曾經因此難過得流淚，女兒還小時她曾經因此大聲抱怨，
女兒嫁人後她只是對他搖搖頭，然後就笑笑的，
笑得眼睛瞇瞇像菩薩，說：你喔……

他隨便梳洗一下，泡了一杯高鈣奶粉喝喝就出了門。
手上的塑膠袋，是老婆那個沒有交代的交代。

等他閒閒走到，花市也快散了，這時候垃圾車已經是開滿花朵的園圃。
綻開過盛的玫瑰，癱軟的水仙，披掛散落的鈴蘭和愛莉絲，
還有被折斷的仙人掌，比劃一個哀求的手勢。

他什麼也沒買，等最後一家花鋪拉上鐵閘，
才轉回去垃圾車旁，探頭探腦地挑挑撿撿。
拿了一些菫花和蕨類這些猶有根鬚的，一把全塞到塑膠袋裡和文心蘭作伴。

他搭捷運到台北車站，出得地面，
經過百貨公司前一群尖叫的、蟬一樣圍著舞台的小女生。
每個人都拿著一台小數位相機，也有直接拿手機拍照的，
上上下下搜尋適當角度的手臂，好幾次碰撞了他的頭臉。
他往車站方向行走，轉乘公車去三分埔。

空曠的墓園沒有其他祭拜的人，清明才過沒一季，
一隴一隴的土饅頭已經野草齊膝。
他把文心蘭和其他那些植物，埋到老婆的墳側，撿了一個寶特瓶汲水澆溼寸土。
他捶捶腰，手扶著墓碑坐了下來。
他看看手錶，剛才挖土弄髒了錶面，看不到分針。
這塊錶是女兒去年年終尾牙抽到的，老婆沒看過。
他突然想到似的，回頭看著她的名字。

阿蘭欸，公園人很多啦，打拳的，跳舞的，約會的，
妳的花我不好意思拿去那裡埋啦。
他抓抓頭跟老婆說，像真的感到不好意思一樣。

馮君藍 第一屆BenQ眞善美獎三獎得主

信心切片

親愛的XX：

我在滇藏交界的次中村聽聞一則故事。
許久以前，兩名法籍天主教神父，遠渡重洋，翻山涉水來到此地，
向混居的藏族與汕傈族人傳講耶穌基督的福音。
在政教一體的藏區，外教是沒有立足之地的。
也許因爲地處邊陲，控制難以嚴密，又宣教士愛心熱切，
並總是帶來醫藥與知識，打動了和生存搏鬥的村民，乃紛紛皈依天主。
此事終於引起當地土司與喇嘛的戒心，生怕威脅及其統治，遂決意除之而後快。
修士在村民掩護下逃亡數日，仍就逮。
被綑綁的兩人，先是跪地向天主祈禱，然後起身與圍觀的信友道別，
說是無需憂傷，終要在天上相會。
然後轉身與土司、喇嘛：天主愛汝等，我們也無恨，可以下手。
喇嘛呆立，不知如何。土司乃命隨從拔刀。刀起，人頭落地。
轉述者言之鑿鑿：祖輩們親眼目睹神蹟，自被斬斷的頸項竟淌出白色乳汁。
砍下的頭顱被懸掛在村口柱子上，以儆效尤。
但至此，鄰近村民不回頭的全都皈依了天主，直到今天。

人恐怕是唯一因信仰而無畏死亡的動物。這既教人敬也可畏。
關鍵在，什麼樣的信仰可以令受害者向加害人報以憐憫與愛？
什麼樣的信仰可以促成善種結實百倍？

親愛的XX：

日昨，讀法國天主教神父德日進
（1881-1955，他同時是一名古生物學家，巴黎科學院院士。神哲學家。）
靈修小書《神境》。同感一靈而心相印。茲摘錄一段：

……我提了盞燈，離開表層顯見的日常瑣事與關係領域，
下到我裡面的最深處，到我朦朧地感覺那發出行動能力的深谷裡。
然而，隨著我逐漸遠離了那些照現生活表層的常規事理，
我意識到，我抓不著自己。
每下一階，總發現我身內另有一人，我不能說得出他是誰，他也不再服從我。
我不得不停止探索，因為沒有了路，腳下是一個無底深淵，
從那裡湧出不知從何而來、我敢完全確定稱之為生命之潮。
有哪門科學能向人們揭示，構成他生命的意願與愛的意識，
其動力從何而來？什麼性質？以怎樣的方式運轉？
……《聖經》上說，誰能夠靠思慮使自己的身高增加一寸呢？
最終，最底層的生命，最基本的生命，最初始的生命，
完全超出我們的認知能力。
……我接受自己，遠超過造就自己。
……繼意識到自己身內另有一人，且是一高於自我的之後，
又有第二件事使我頭暈目眩。
那就是我存在著，在一個被做成了的世界裡，
這體現了極度的不可能性，和難以置信性。
……我感覺到游離在我身上的原子，淹沒在宇宙中那根本的憂傷。
這憂傷使人類的意志在為數龐大的生命體與星體的重壓下日漸消沉。
若說還有什麼拯救了我，那就是我得以聽聞神授以得勝確證的耶穌的福音，
從黑夜的最深處召喚我說：「是我，別怕。」……

德日進見證了那在我身內與身外的聖靈，與耶穌基督福音的合一性。
見證了人的近乎無知，羸弱，與信、望、愛之所繫。

與在極度痛苦中的弟兄姐妹禱告：

疼痛是非理性的。
痛苦使我走投無路，下不去也上不來。
是上帝允許這些痛苦經歷我。
或者，我懷疑，襲擊我的正是祂。
是祂瓦解了我的免疫系統。
使我身內的細胞彼此相噬。
是祂扭傷了我的筋骨，賜予我寧以頭捶牆的疼痛。
我黏糊的血肉彷彿被裝甲車輾過。
我寧死未死且不允死。
祂遺棄我，任由我一遍遍的舔舐自己的傷口。
任憑我乾裂的嘴唇我的心發出苦毒的咒怨。
啜泣，心碎的聲響，祂都充耳不聞。
以至我深信自己被推落在光所不及的深淵。
只是我尚未絕望，因為我聽見自己說，祂必定是瞎了聾了啞了。
祂的愛是沒有兌現的承諾。
祂又使我被人出賣。
被包圍在尖酸刻薄的嘲諷與攻擊下。
我累了，緘默，不再反擊，甚至厭惡禱告。
我認出最後一個吐唾沫在我臉上的，不是別人，正是祂。
祂仍未放過我。
終於，我意識到自己只是糞堆裡蠕動的蟲蛆。
我失去了言語。
我的感覺也逐漸麻痺。
懷疑自己是活著還是死了的。
我靈裡發出最後的掙扎，主啊！你知道。
在這一切的一切之後我死了。
那虛空的虛空。我被人置放在墓穴之中，與渾身鞭傷、釘痕的那人同埋。
又隔了一天。
第三日清晨，我與祂同復活。

許鴻潮 第一屆BenQ眞善美獎創意獎得主

行腳三景

高雄‧美濃──穿水橋

在一次的機會中，我接受邀請前往美濃紀錄黃蝶祭的活動。
主題圍繞在美濃人對於土地與自然的關懷，
最讓我印象深刻的是小朋友的才藝表演，當中有不少外籍配偶的小孩參與，
而幾個南洋台灣姊妹會的外籍姊妹對於他們的小朋友參與這個活動顯得與有榮焉，
她們也積極的協助相關活動的進行。

在為期兩天的活動中，就以穿越窄小幽暗50公尺的穿水橋最為刺激，
這樣的娛樂一直是過去美濃人的夏日消暑活動，
這時只見美濃後生會的青少年們紛紛躍入水圳中。
一些在水圳旁因為矜持而遲遲不肯下水的人，總是會被捉弄得全身濕漉漉，
我當天雖然要負責攝影工作還是一樣一身濕答答。

經歷一番折騰後，從水戰區脫身，來到穿水橋上頭，
看著小朋友拎著或扛著滑水工具在橋上來回奔跑著，
迎面而來的是剛從農地下工牽著腳踏車帶著斗笠的阿妹們，
微風徐徐，輕輕揚起了繫在橋上欄杆的客家花布條，
似乎在傳遞一則則動人的夏日美濃物語。

美濃，按靚。

新竹・尖石——鎮西堡

這幾年，新光、鎮西堡部落的泰雅族人們致力於水蜜桃種植產銷，
並透過國際交流學習的機會，成功將隧道種植的方式
引進到台灣新竹後山的水蜜桃果園來，
隧道種植的好處是果樹會隨著支柱生長，族人可以直接將車開進果園，
控制每棵果樹的生長養分，更方便於水蜜桃的套袋、採收作業，
再者，近年興盛的觀光農業也得以從隧道種植的方式實現，
試著想像在春暖花開的時節，桃花開滿隧道的景況，
有幸置身在桃花隧道內，仰頭皆是漫天桃花盛開，風起時落英繽紛、美不勝收。

桃花季的活動除了賞桃花、喝水蜜桃酒以外，
還有山上小朋友的歌唱與舞蹈的表演，為桃花季活動增添了活力與希望。
原住民雖然在台灣漢族大社會下總是處於弱勢，
可是他們非但沒有因此氣餒、灰心與怨懟種種不平等，
仍舊本著虛懷感恩的心面對來自社會各界的協助與指教，
要是您有機會來到新竹後山作客，離開時別忘記一句「M'hawaysu balai
（泰雅族語：誠心感謝您）謝謝山上朋友的款待喔！」

雲南‧中甸——大寶寺

一趟雲南之旅到達中甸已經第8天了。
到了一個有著巨大經銅的寺宇，這經銅足足有15公尺高，
看著人們在大經銅輪下左去右回誠心的繞著，感覺人類力量著實渺小，
只能期待透過這巨大經銅把自己的心願傳向上天。

「要許願，我帶你們去最靈的大寶寺。」友人拍胸膛保證，
我們倒也畢恭畢敬的跟著到了中甸郊外的大寶寺，
由於時值秋末冬初，沿途景象蕭瑟遼闊，
朋友說此處經常有信眾來繞山，靈得很，
「左去右回」這是繞山祈願的習俗，
只是還沒上山就先被山下的民居給圍路收入山費，
「好吧，至少我們實現了別人的願望。」我心想。

車子開到寺門口，迎接我們的是十幾座碩大的馬泥堆，相當壯觀，
在登上以經銅為伴的百個階梯後，幾經考驗終於來到大寶寺正殿。
在我們添了香油並向眾家法王聖像聖袍參拜後，重頭戲來了，
每人領了一份經幡迫不及待的往住持說的後山前進，走進後山一看，
我的老天爺，漫天的經幡飄揚，多不勝數，幾乎快要把陽光給遮蔽了，
「一座寺宇靈驗與否，寺內掛的經幡數量就可以窺知一二。」
在友人說話的同時，經幡下一隻公雞昂揚的啼叫著，
想必是連動物都感同身受吧！

明信片生活劇場——第二屆BenQ真善美獎作品大賞

得獎作品

一 獎	陳秋荅	有鬼
	石芳瑜	What Might Have Been
二 獎	黃華真	那時候你甚至以為尼古丁是種病
三 獎	吳億偉	築
	白喻萱	關於Leave
	馮君藍	世界的彌撒
創意獎	黃建陸	看見看不見你的城市
	王文騏	慢舞‧鋼管鸚鵡
	林忠勇	忘了忘記的詩
	陳之婷	Daily Collection
	游 戲	天星
	許育榮	遺忘的旅途
	高萱芳	平車與拷克
	顏文新	蝶之冥想
	劉盼妤	The Bed 2618
	張芷瑋	一張明信片
	郭彥廷	我不是我
	張韋婷	夢遊貓國境
	劉怡寧	接近天堂
	馬樂原	行走的姿態
	劉明樺	我家平凡的偉人

陳秋苓 一獎

1979年生，台南藝術大學動畫所畢。
動畫作品《過晌雨》曾獲2004年台北電影獎評審團特別獎。
入圍金馬影展競賽等相關影展。
http://www.flickr.com/photos/c-lynn/
c.miss.charlie@gmail.com

有鬼

生活就像一個巨大的迷霧，
我經常弄不清楚其中事物的虛實真假，
對著這世界的各式現象與存在意義充滿疑惑。
有些時候，我們以為自己知曉某個問題，
但這種自以為省悟的時刻，
經常就在一個低頭又抬頭的短暫時間，
一會兒便隱滅了，下一個未知的時刻又會馬上來臨，
我們又會再度陷入一種無知且無措的黑暗之中。
這些層層疊疊的疑惑，對於無知的恐懼，
還有那些不斷升起而又破滅的時間，
化作了一隻隻輕盈而又世故的鬼，
對著我還有眼底的世界嘻笑怒罵著。

這城市有鬼，到處是鬼。

過去的死了不肯走，化做一隻又一隻的鬼。
有的住在你牙齒的細縫，你以為你講的是人話，
其實你說的壓根兒是前人早已說過的鬼話。
有的特別喜歡在你難得正經的時候，
搗著嘴變作一根石柱子叫你轉過頭來就一頭撞上。
還有一些呢，就慢條斯理地在書櫃上頭疊了張鬼床賴著不走，
晴天的時候在屋頂上打滾，雨天的時候就放肆大笑，
你扯個臉叫這些過去的老鬼滾出你的房子，
鬼就咿咿呀呀笑得擠出鬼淚，
「我呸！！我早想升天成佛，
還是你們這些個有魂兒的死拉著我的腳不肯放我走呢——」

另一種鬼呢，是從人那兒生出的鬼。

打個噴嚏就生出一隻鬼，按個喇叭一隻鬼，

跌個跤爬起來拍拍褲子，又拍出了一隻鬼。

這後鬼喜歡住在人的眼睛裡，沒事兒就擋住你的瞳仁，

教你看這世界看不清，總蒙了層灰，

光線曲曲折折搖搖忽忽，看起來總到處是鬼。

鬼喜歡算命的人，抖個身就附在算命師的嘴上裝作解命天機，

你心裡想看到上上吉兆，

鬼就嘻嘻哈哈輕描淡寫地跟你說個下下噩兆。

它們還特別喜歡拉扯人的臉，明明想哭得要命，

怎麼嘴角還是咧著笑呢。

鬼愛嬉鬧，迷惑你的眼睛，或者趁你認真說話的時候扯住你的舌頭。
鬼怕寂寞，寂寞的時候，就抽抽搭搭的哭個沒完，
然後就在街上找個人銬住他的雙手，一同寂寞。
鬼愛譏諷，會在你的耳邊大聲嘲笑你的徒勞。
鬼很黏人，他喜歡盤坐在人的頭上，
讓人頭昏眼沈，活得跌跌撞撞，虛實不分。

大多數的人都不知道有鬼。
鬼兒們經常呼著煙啐口痰嘆著：「唉唉──我都站在你眼前，
拿著釘錘釘你的眼睛，這些人都還感覺不到疼呢……」

石芳瑜 一獎

輔大圖館系畢、美國西佛州大學傳播碩士。
曾任職公關、傳播界，並編、譯過非文學類書籍若干種。
目前為專職主婦，兼職文字工作。
近兩年較積極創作，起步甚晚，但願不遲。作品散見於報刊。
甫獲時報文學鄉鎮書寫評審獎、林榮三文學獎（小品文），
2007年，獲桃園文創獎及懷恩文學獎。
http://blog.roodo.com/paulineshyr/

What Might Have Been

在這個網路時代，明信片似乎散發著濃濃的懷古氣味——
手寫的、郵寄的，靜靜地給遠方友人捎上訊息。
有了數位相機之後，偶而我跟著一個朋友拍照，
我們拍街、拍樹、拍人，還拍屋子，特別是拍拆掉的房子所留下的遺跡。
有次，他說：「你不覺得這些房子拆了，留下了樓梯、廁所、廚房、窗子……，
彷彿將過去生活的痕跡攤開來讓人觀看，就好像拆封的信，或明信片。」
於是，看著這些照片，我想像了一個故事，
雖然是故事，卻帶著過去寫明信片時的真實心情。
這些照片，如此直接、坦蕩，也因為我想表達的正是明信片時代的氣息。

Dear Pauline,

好久沒收到妳的明信片，前不久閒逛到妳以前的住處，
意外發現它已經被拆掉了。
我望著那面乳黃色的牆，人去樓空，一時悵然。
可是定眼再看，又發現即使樓拆了，卻不是一片空白。
突出的樑柱、樓梯的痕跡、廚房的位置以及陽台的鐵門……
過去妳的生活軌跡並沒有消失，而且還明顯地露了出來。

想念的感覺強烈襲來，我拿起相機，按下了快門。

妳大概也發現了，一樓的牆面長出了一些青苔藤蔓，
想想我們分別也有好長的時間。
妳過去的鄰居在這兒設起了停車場，還擺置了街燈及盆栽，
試圖讓這塊土地看起來不那麼荒蕪。
不知道以後這裡會有什麼變化？新起的樓房幾時會填上？

妳在異鄉生活可好？
期待知道妳的近況，補齊別後對妳的記憶空白。

Dear Pauline,

一直沒收到妳的明信片，心中很是掛念。
妳知道嗎？這段時間裡，我拍了近百張房子拆除後的照片，
別人大概會覺得我瘋了吧？
妳倒是不必擔心，畢竟我天天揹著相機遊蕩，
拍街景、拍小巷、拍路樹……，
只是拍拆屋時特別有感觸，不知不覺就拍多了。

有時候這些畫面消失得很快，昨天還瞧見，
今天樣品屋搭了起來，就再也看不見了。
妳知道的，我對舊物特別著迷，對即將消逝的東西也特別留戀。
就像妳現在看到的這張照片，地基已經打了，鷹架也架上了，
或許明天工地現場就會封起來，舊日的屋舍痕跡便從此消失不見。

唉，真的好久沒有妳的消息，我很怕就此失去妳的音訊。
好懷疑妳搬了家，明信片一直寄不到妳手中。
但還是期待有一天妳能看到這些明信片，
哪天回台灣，和我一起看看這些日子以來我拍的照片。

黃華眞 二獎

1986年生，就讀於台北藝術大學。
http://www.flickr.com/photos/calacalacala/
strong800@gmail.com

那時候你甚至以爲
尼古丁是種病

這些是關於一次意外發生在我唯一的弟弟身上。

這是他的十九歲，我的二十歲。

這一年因爲這一件事得好好記下，

當中包含了太多太多，

能夠明確被歸類的就是它很重要。

事件過後留下的痕跡令人憂傷，

於是我試著將甜蜜的部份當作是符碼插入。

空空的馬路上，安全島旁邊

二十歲剛剛開始的時候我還是不想長大，
雖然我想自己已經是一個大人的樣子。
到了開始第四個月的一個早上我接到通知，
清晨弟弟在路上被發現送往醫院。

胖子都成了瘦子還是一直胡說八道

這是你的十九歲：有一部份的你的事就是我的事。
沒這麼偉大不敢把有一部份省略，
但是在醫院的那段日子腦中除了空白就是你。
在急診室裡我一眼就認出，臉部著地的你不能說話，
看到我就流下眼淚，然後昏迷四天。
在等媽媽來台北的時候我握著你的手禱告，
心裡想只要你醒來我願意重修抽素一百次。
病床的圍欄是髒髒發了黃的白色，
我坐在床邊一伸手就可以穿過它觸摸到你，
可是塑膠做的那幾條竿子就像是一座森林，
你被困在關於過去的夢裡，
怎麼都聽不到我對你說的。

四天後你醒了但是並不清醒。
你不記得為什麼來醫院也不記得你送我的牛仔褲。
然後你問我要怎麼樣回到過去，說你不屬於這個世界，
你甚至以為尼古丁是一種病。

一張零點五四元

我走了好久好久才在一間小書店買到商業本票，
一本五十張只要二十七塊錢捏在手上卻覺得很重。
變成大人就是不行假裝一切沒有發生過，
但是可以假裝不害怕並且很會的樣子。
我簽字轉病房，我幫他請假，我決定和解底限。

因為我是姊姊，而且二十歲了。

WIR

RE ADVENTURES IN MODERN MUSIC

.CO.UK ISSUE 244 JUNE 2004

9 770

nnesz

for Europe

hy

rner

Cantuária

voodwinds

ilipsz

lander

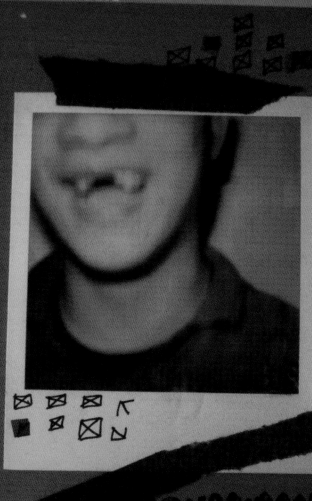

也許明天就可以像以前一樣，
我們繼續玩模仿媽媽的遊戲

好像是煉金術一樣，我相信大難不死總要換來一些什麼。
用珍貴的年歲待在醫院，用四顆牙齒，用八公斤，
用完好的骨骼來交換，可以得到什麼。

我總是想只要懂事就值得。

弟弟的身體正在康復，比起車禍之前卻更偏執更暴躁更加剛愎自用。
後來的一些事甚至令我們傷心。
眼鏡事件之後我變成兩個，一個決定要放棄了，
另一個卻在作夢的時候偷偷流眼淚想著要怎麼原諒他。
希望他知道現在的狀態只是想讓他知道自己不對，
我想這是我這個從小沒有威嚴的姊姊所能提供的微薄的教育功能。
雖然老是很生氣嚷著說早知道當時就不救他，
但是很清楚其實不管什麼時候我都一會做一樣的事，
因為我總記得弟弟睜著比平常大好幾倍的眼睛，雖然無意識的，
卻從病床上伸手拉著我的褲子要我留下來陪他。

就好像小時候一樣。

吳億偉 三獎

1978年生，嘉義人。
台北藝術大學戲劇碩士，曾任《自由副刊》編輯。
寫簡介的當下正是自由身，尚未有任何社會定位，也不知道是不是要去尋找一個來坐坐。
曾經獲得一些文學獎，想寫的是一針見血、機車諷刺型的作品，
可惜修行還不夠，還得多練練。
http://www.wretch.cc/blog/iwei
iwai.wu@gmail.com

築

以父親的建築經驗，
我重新去審視身邊已然荒廢或是興建中的房屋，
那些畫面如此貼近，如此熟稔，
但若不去感覺，也只是一面面陌生的影像。
因此，我嘗試用細節構築抽象感受所缺乏的真實感，
用實在的事件來具體身邊的風景，
使建築來建築流逝的經驗與回憶。
是名「築」。

土埆厝

泥土。滿滿稻埕。提到土埆厝時，總會想到這個畫面。
泥土如藤蔓般匍伏地面，不知怎地，我對這樣的場景感到特別興奮，
彷彿一片大海變身展現，我爸走過長長的路，來到工地，
那一整片濕軟黃土，是一種奇觀。

但的確是我過分想像了。

我爸說得實際，大海必須先被鏟成堆，
配著一旁的稻草和竹片，等待他們。
早期建築房子，因不難在鄉間取得材料，往往由主人準備，
工人們只要攜帶自身工具，進行技術的工作。
建築土埆屋首步，得完成一塊塊土磚，
主人會挖取收成後稻田裡的泥土，
具一定黏性，在內裡混雜稻草梗，添加石灰增強硬度。
之後，灑水，攤平一片泥海，
工人們赤腳來回踐踏，摻勻泥土與稻草梗。

一群男人捲起褲管半跳半走的模樣，
啪啪啪啪，遠遠看來像跳舞。

屏仔壁

竹篙屋迷人之處，是牆內繁複的竹篾條。

填補木竹結構枋柱空隙的壁體做法，則是以竹條編補，俗稱屏仔壁。
「屏」爲編織竹條之意，在枋柱空間處，
先用竹篾條，或是蘆葦編好如網狀的壁體。
我爸說這手續相當繁雜，像女人織網，
竹篾條交錯穿梭，一枝一枝皆耗耐性。
必須緊密，才能吃下抹進的泥土，
男孩手拙，編過總歪成一片，又得重新調整，
完成模樣如竹篾椅的表面，但沒有搖晃的愜意。

之後於內底抹泥，外鋪白灰，繁複的編織手工就被掩於牆內，
只等著風吹雨淋，讓時間鬆動泥壁，才能露臉；
如今見得到竹篾條、屏仔壁的屋子，大多已爲荒廢。

相互拉扯的居留關係哪，失去了人氣，才有見人的一天。

套房
電話：0939139129
電話：0939139129
電話：0939139129
套房
電傢俱
櫥齊全
吳太太
出租

販厝

到了洋樓時代，我爸先是幫人改建一般住宅，
他們稱爲「ming shi la」，之後房屋成爲交易物品，
需要大量建造，傳統泥水工也開始接受大型公司委託，
興建透天社區，或是多樓層的大廈公寓。

這種房子稱做「販厝」。我爸說建造販厝特別累，
房子不再以一幢一幢爲單位，而是一區一區，樓層高度也拉到四樓，
在機器不發達的年代，沒有升降梯，
一袋一袋水泥總要自己背著，慢慢上樓。

「販厝」這種大量製造的形象，讓我想起小時候住的透天住宅社區，
數十排整齊的二樓透天厝，沒有什麼特色，家家戶戶長得一樣。
但到社區末巷竟是一排廢墟，
沒有完工的房子看來詭異，只剩樓層骨架，
連向外的牆面都沒有，顯露的紅色磚塊如人身血肉，陰森。
夜晚時分，我們不敢經過，
黑漆漆的一樓是異世界入口，不敢懷有太多好奇，
只有在元宵節，才會成群結隊探險，拿著各式各樣的花燈，
踏著潮濕地面，互相嚇來嚇去，往內裡走去。

沒有人知道這社區爲什麼會結束在一排未完的透天厝上，
賣不出去，最後就成了種種鬼故事的發源地。

白喻萱 三獎

二十世紀出生。沒拯救過世界這種豐功偉業。
從出生就開始呼吸，以為正在呼吸，
但好像直到2003年，那出生的那一剎那才到達腦中。
P.S. 而這一切都很混亂。
bai_727@hotmail.com

關於Leave

對我來說，屋頂算是個夢幻的地方，看著月亮數著星星，多麼逍遙多麼自在，
有著可以做夢的氛圍，一踏進就有種永遠都是小孩的幻覺，
當看到某部電影的某個地方的那邊，存在那樣的一個故事，心就那樣揪在一起，
明明都還是小孩阿，形體差不多大，差不多時間來到這個世界，
為什麼不同地方不同時間不同人不同種類，對於某一種東西所產生的結果，
或許是在這個地方對這個東西有某種結論，又或在那個地方的同一種東西有另一個結論，
明明應該是艱困到應該要離開的地步，卻完全沒有這個意思，
反而想要留下來，關於應該要離開但不想離開，
又或是極度想離開跟隨時都可以離開，但不僅只於帳面上的意思，
可能換個角度或換個方位看到的東西就又不一樣，
結論也就不一樣。

躺在屋頂

我們沒做壞事，卻得偷偷的爬上屋頂，等著士兵離開，
屋頂本該是我跟夥伴胡搞瞎玩的地方，現在卻變成等待，
看著地上一些沒來得及逃走的同伴，擔心下一秒就是我。
我們這些在屋頂上的，被迫拿起武器，對著我們深愛的人，
我們看著月亮數著星星，深怕他們還會再回來，那就待在原地吧！
但我卻不想離開這，離開我所熟悉到不能熟悉的一切，
離開我的媽媽我的家人我的同伴我的愛人，
大概是因為我還存留著11歲的純真，雖然我12歲了

我看到的

我直愣愣的看著前方，到底什麼才是我該做的，
想到我11、12歲那個年紀，讀著參考書，
在補習班裡吹冷氣，聽著爸爸媽媽的話，
現在，總覺得為什麼一定要那樣一定要這樣，
一定要遵循這傳統的路徑，
好想遠離，好想離開這個地方，
拋去血緣拋去這個表面拋去在這個地方所建立的一切，
就像按重新開始的那個鍵一樣，重生，
於是我看著前方，看著這地方，
………該不該離開。

貓在屋頂

我喜歡就這樣懶洋洋的躺在屋頂上，
全身縮在一起的跟太陽宣告，這邊是我的天下，
偶爾去西邊的屋頂躺躺，或是去那邊的屋頂睡睡，
跳來跳去的，想去哪裡就去哪裡，
愛在哪個地方停留，那就在那個地方留下我存在的證據，
就算在夜裡對著月亮對著星星喵喵喵的大叫，也不礙什麼事，
頂多就是聽著人類的咆哮，但不知聽我那哪邊的同類說，
人類的小孩搶著跟他們一起睡，
這真怪了，原來他們也會離開。
據說是溫暖的床鋪到這上面來，真好笑。

馮君藍 三獎

1961年生，傳道人。任職基督教禮賢會有福堂。
熱愛上主與祂所造的世界。
slbaptab@ms24.hinet.net

世界的彌撒

拍照，我偶爾為之，卻不曾間斷。
雖然也畫，但照片把我推向外在的，
卻也是內在的世界。
「世界的彌撒」有更多的內容，猶在進行，
今年也許將集結成冊，以頌讚上主的厚賜與憐憫。

先知

世賢：你問我關於先知，作爲一名傳道人，我當然明白你的意思。
與你說個故事：

主前一千年。以色列。
有童子撒母耳，銜命還母願入得聖殿，在大祭司以利跟前侍立。
那些日子雅巍言語寡少，默示無常。
一日，老人、童子分別入睡。
至聖所內，約櫃前，神燈猶未盡滅。
夜半，雅巍呼喚撒母耳，童子醒，乃應聲：「我在。」
說罷，翻身下床，跑到以利跟前。
老人無端被搖醒，回童子：「我未曾喚你，去睡吧。」
童子只得回房。
才闔眼，雅巍再次呼喚撒母耳，童子復起身，
奔到老以利跟前，說：「我又聽見你呼喚我，我在此。」
以利無奈：「我兒，我確實未有召喚你，恐怕是夢，去睡。」
雅巍第三次呼喚，撒母耳惶然不解，仍就老人跟前。
以利這才明白，是雅巍。
乃與童子說：「雅巍的小撒母耳，你仍去睡，若再聞召喚，
你就回：『主啊！僕人恭聽。』」
童子順命。自此，雅巍與撒母耳同在。

先知何謂？撒母耳與歷代先見，豈因精神瞻妄，

得幻視、幻聽者乎？

其實你想問我，果曾聽見上主的聲音？

不只是你，這問題常被人問起，卻每每令我作難。

我答有，人們就一臉狐疑，不可置信。

聽見神的聲音，這攸關信仰。

對不信者，聖經不過是本發黃的舊書。

萬事萬物，「自然而然」；「因緣合合」。但我是仰望上主的。

是，我真能聽見神藉著聖書、宇宙的造作與我說話。

上個世紀初，法籍神甫德日進

（他也是名古生物學家，深邃的神思者。）

寫了本書——《世界的彌撒》。

多麼美妙的思想，這世界猶如一場禮拜。宇宙的合唱。

巴哈與貝多芬都曾聽見，且謙卑的藉著音符轉達與世人，

承擔先知撒母耳一樣的職份。

但就不信的人，那也不過是一座座精巧的巴別塔。

鮮少例子，聖靈與個別人說話，

猶如米開蘭基羅描繪上帝與亞當的指觸，

那電光石火般，稀微隱秘的言語。

是，我曾聽見，不怕人訕笑。

瑪利亞與瑪利亞

世賢：你說及瑪利亞算是怎麼回事，是指耶穌的母親？
故事一開始，一個大約年僅十四歲的鄉下小姑娘，未婚成孕。
在兩千年前的巴勒斯坦，這敗壞門風的醜事，
未遭家族父老私刑處決，已屬僥倖。
卻最終成為天主教徒尊稱的「聖母」；「萬福瑪利亞」。
何以致之？因聖靈感孕？因所懷胎以後成了救世主？
因基督宗教的壯大？因與父性神形象互補？
以上皆是。但我以為更因她虛己順命。
因眼睜睜愛子被畜牲般凌遲，而能懂得世界的痛楚。
但她的被神化卻大可不必。

還是你指的是另一位抹大拉的瑪利亞，
曾因心神狂亂受耶穌驅魔，而得痊癒。
爾後，三姊弟成了耶穌的門生、摯友。
並且當耶穌復活的早晨，首先向她顯現。
不幸，最近卻無端掉進丹・布朗精心編的八卦陣。

手

世賢：你或許把自己捏在手心；或拋給了世界；
又或者你終於能明白，這世界的彌撒在上主的指間舞蹈，吟唱。

黃建陸 創意獎

1981年生，雲林人。
從大學開始喜歡戶外活動與攝影，
嗜好登山與衝浪，習慣用相機記錄下所見的人事物；
目前從事傳統製造業，窮忙的工作；
閒暇之餘，想將生活的感受化做文字或影像，紀錄眼底下真實的世界。
2002年 中縣之美攝影比賽幻燈片類自然生態社會組銅牌獎
http://www.wretch.cc/blog/whitepunon
whitepunon@yahoo.com.tw

看見看不見
你的城市

我不喜歡城市生活的步調，
擁擠的人群，吵雜的街道，夜間眩惑的燈光……等，
在這作品中我要表達的重點在我選擇背離城市，
希望回歸到自然原野的小鄉村生活！
希望生命的養分是直接而真實的來自於土地，
所見的是最遼闊的天空；藉著以明信片寄給遠方城市的某人！
試圖在自我的內在更確立堅信這一個信念，可以實行。

早晨出門遇見房東在街角漫步，他那帶著血絲的眼球看了我一眼，

那一眼彷彿包含很多意思，反射的微笑道安，

是我心想最安全且在猜不出對手球路時最佳的反應，

這一眼著實讓我一整天的工作不順，

不可避免的得加班完成這一天的工作；

回住所時繞了一條小徑，我想你在這城市裡居住時，

絕不會走過人煙稀少的小徑，

害怕遇見什麼的你也絕不會在夜間駐足；

某一個夜裡，獨自一個人閒逛，

總覺得劃歸城市規劃中的荒山野嶺的小徑，

能代替長征的旅程，為每天添上一點閒情！

遠眺路燈在腳下發出的點點光芒，散亂分布，

興致來時在心中串連出所想要的圖案；

這城市近郊處的幻想空間便是如此，從你來此居住前，來此居住時，

離開這裡之後，直到今天，一直如此！

或許直到人類的工業文明毀滅後，才會消逝吧！

卻難想像毀滅之後，這空間又會是怎樣的充滿幻想！

幻想隧道的另一端永遠是幻想的開始！

每個城市都有各自的個性，

幻想著把人從城市抽離出來，就很容易看見城市的個性；

如同遊歷消失的文明一般，這高樓大廈是如何建造的，

基於什麼樣的原因建造的呢？究竟在彰顯哪些事情呢？

都是值得一一探究的！

然而我無法清楚這城市的個性，在我把自己抽離這城市之前；

我深陷在你曾經居住過的城市裡，

企圖在這城市中尋找你居住在這城市的痕跡，

哪一家咖啡館？哪一家電影院？哪一家餐廳？甚至哪一張椅子？

若加入時間的考量，龐大的資料立刻呈現，加以定位、統計、分析；

我可以了解你的生活範圍、知道你的生活型態、

清楚你的生理狀態，但始終不認識你的個性；

在你離開這城市時，你的個性早已消失在城市的個性中。

這城市的個性說不上來。

已然忘記你離開這城市多久了，在你離開前我們曾一起仰望夜空，

盼著流星劃過，許下願望；

我們曾一起仰望天空，數著白雲朵朵，

那個有你的城市的天空才叫天空；

這城市在城市文明的發展中，不斷的向天空擴張他的文明，

當思念在你離開後產生，當天空在你離開後變了個樣，

我不再仰望天空；

我覺得愚蠢，覺得當天空佈滿橡膠或固化塑料

包覆金屬線材藉以輸送能量時，

這城市已喪失了呼吸的能力，靠著維生系統存在著；

覺得愚蠢的城市掠奪來自城市之外的能量，

愚蠢的城市還是不停地擴張著；

而愚蠢的我沒有在你離開前，強烈的要求你留下來，

一起面對我們的天空。

這城市的天空分為：你的天空跟我的天空。

卡爾維諾在《看不見的城市》的最後寫著：

生靈的地獄，不是一個即將來臨的地方；

如果真有一個地獄，它已經在這兒存在了，

那是我們每天生活期間的地獄，是我們聚在一起而形成的地獄。

王文騏 創意獎

1958年生，雲林人。
曾任平面美術設計，現在從事自由攝影創作與寫作。
著有《秋船》詩集。
http://only4unme.spaces.live.com/
tristar.art@.hinet.net

慢舞・鋼管鸚鵡

靈感來自未完成的三分之一詩作。
有關於鳥街的吉光片羽，延續自我生活點滴匯流入海，
心是海洋，時而止靜時而波浪洶湧，
海上行舟是心的懸念是傷痕的淹沒，
載浮載沈的掙扎亦是脫離瓶頸
暗流泅泳抵達彼岸的契機。

漫步走過古老市集佇足城市叢林，
車流隆隆交疊山野喧嘩蔓延耳際及路的兩旁。
中央分隔島的那一把刃切割起伏對照，
單數門牌號碼的這邊由三起步叫囂至轉身折返三十一繁華索然落盡，
舉步穿越對岸衹是近在咫尺，經常習慣裏足不前。
經常忘我置身於狹長騎樓恍然迷離幽谷，
雖然荒蕪了綠意與花香，雖然感覺背離城市好遠好遠。
張懸堆疊已構築了一幢幢野性公寓，
就在騎樓與人行道上延伸禽國的樂園。
流連總在沉迷於眼神穿越鳥籠進入幽微的世界，
並追隨光的逐波窺探羽毛隱喻神祕圖騰的聖跡折射。
那一身一身春天百花吐蕊吹染的紅、洋紅、寶藍、翡翠綠
以及對比繽紛迷彩的彩衣，極盡招搖袖手旁觀者的青睞，
他們隊伍組成雜沓不成隊伍，
散佈錯亂地一一接受我的目光點閱而雀躍拍翅。

而妳是唯一感應到我的出現，
隨即舞蹈遂從花火燃放的風向處振翅欲飛，
的確，不管妳由那個方位開始辨識我，
我確實能夠感應妳的肢體語言
像生命攀爬黑暗幽谷忽見一絲映照的愉悅。
如果這些反覆的縱身彈跳是俯衝模擬飛行，
身體倒吊旋轉需要桐花墜落的唯美美學，
心想天使墜落凡塵的剎那姿態亦復如此？
逗弄撫摸已超脫我們的藩籬界限，見面就說「哈囉」、「您好」
由妳開始引領其他同伴如翻越山谷的迴音此起彼落。
腳踏鋼管、嘴啄鎖鏈使妳在此繁生的必然生態，
寵物鳥與墜落天使的共同基因是擁有共同羽翼或欲望？
是的欲望，欲望的腳步常由不自主地進入我心繾綣之地，慰藉之境，
來看妳旋舞翩翩跟妳對話噥噥，牽引我欲念目光的最終抵達。
不忍地告訴妳我將要遠行，而妳從此遷移新歡棲息？
我將入境蠻荒無垠之地，舉目空無一物？

年前，秋冬更迭之際，禽流感風聲鶴唳傳播散開，

鳥街商家鐵捲門猶且遮掩清冷天色的乍醒，

當我的步履還踩著植物園的綠，伴隨餘溫的光，

祇想抽離現實回到那片森林，但我瞿然目睹了妳被遺棄於騎樓下，

任憑那隻野貓連番舞爪猛烈攻擊，連帶籠子翻滾跌落路旁驚了魂，

我倉皇驅趕了貓，端詳妳羽毛未豐且翼手落翅受傷，

癱軟了心策動了我帶妳回家，竟也惶惶終日餵養了妳月餘，

卻仍憂慮病毒沾染抑或害怕情感糾葛的拉扯，決然將妳送回鳥街店家。

多年以前豢養十餘年的愛犬相繼往生，

困頓空虛的靈魂旋即被一隻既病又老的棄犬所填補，

不過歡聚也祇是短暫的一年，牠就撒手離開人世，

至今內心蜷伏陰鬱未散，不再豢養寵物的誓言依稀記得。

生命的奧妙走到轉折點或岔口，

徬徨遲疑如潮水潰決眼前鮮明路徑與方向，所謂生老病死關卡，

理性與感性之間的對峙與擺盪，難以捉摸、抉擇。

從飛行的凌空極目鳥瞰境土已漸行淡出。

欲望之翼翻騰窗外雲霧迷濛了恬靜與哀愁，似幻是夢。

林忠勇 創意獎

台中人。目前就讀台中技術學院商業設計系。
羅曼史的光復戰役。潛意識的瘋狂預言。
在現實與超現實之間，淆混一座只有達利與濟慈的實驗場域。
http://blog.yam.com/lovingyou1008
lovingyou1008@yahoo.com.tw

忘了忘記的詩

在那個一點也不詩意的年代裡，
坦白供述一段為了詩而存在大腦皮層下的再思浪漫。
就像觀看一場晚場電影裡的非邏輯劇本，
銀幕裡的人沒有均勻的好與壞，
於是我們把心裡不敢說的真實
寄託在一個時間與空間都未走盡的永遠。
而電影散場後，存留於心的那股悸動，
在我們遇到最重要的那一天之前，誰都不由分說。

詩的寫眞

頭髮該剪了

果然

永恆是一種令人衰弱感傷的威脅

一只遺落的單身耳環

完全封閉了我所有的感官

屬於你的我的都該收箱了

而我決定了

乘著魚般逡巡的回憶

回憶起你

於是沿途的風景自然而然褪色成你喜歡的另一種藍

而我　成爲一座圍繞著妳的旋轉木馬

像白雲般頡頏消長在你的身旁

有時我無法尋到你的蹤跡

假如我能爲你留點什麼

通過泡沫的籌備　樹的私語

我會在你足後寄下一張

詩的寫眞：

Dear you……

你是一抹嫩綠

你是一襲柚香

你是那層碎沫白浪遺失　夏天的足印

你是那片摸不著的　偏執的雲

詩的心象

從那以後我一個人坐在海角
這愛芽
在秋天的成熟的呼吸以前
海邊的風景就已經變了
似乎是老天在我身上掛了一串風鈴
風聲
浸泡著我的感覺
又帶走了聲音
不如說
一種致命的疾病在我的耳朵裡
忽隱忽現：

從未那樣聽過風聲
搖出這麼真切的情調
從未那樣聽過海聲
擊出這麼亂石壘壘的痛絕
從未那樣聽過笛聲
頌出這麼蕭索的秋深
黃昏
看了一整天的藍
頭髮軟舉了吹開的風
不是在孤立輝煌的高處垂懸了夜
我是唯一登陸孤獨的響鈴

我清楚知道那是最經典的夏天末尾
從書包裡取出小冊詩集來
我告訴自己
翻到哪一頁
就用那頁詩結局一整個下午
噓　風要起了
飛行在秋天的前夕
天空滿載著浮沉的回憶
暫時不會再為你寫詩了
因為我已經疲於應付那若即若失的語字
至於那頁詩
我撕碎了十幾個段落
讓風朗誦

詩の心象・・・・

詩的彼岸

她是個旅人
風格像雪
草坪一樣　白色　像被駕駛的雪
卻總也不來
她的額上燃著一顆令人驚羨的星火
孤寂的只允許自己從熱中醒來
永遠不能讓人牽絆、尋覓
她時常站在海邊瞭望
據說在海的那頭
還有一個更長的海岸線

海邊的風景變了
原本堤上往燈塔的白色小徑
長滿了紫紅色的馬鞍藤
想是禁不住潮水洗刷
全跌落了路過的浪頭
等到留下一地透明空間
才知道冷面的只許諾某些悲豔的白
再告訴你一件事
那竟然是我最後一次去海邊
那些曾經年輕的話語
恍惚之間多少年了
不是忘了
而是還未遺忘那個向時間借來的你

我常常把潮來潮去的記憶
用不知來自何方的風
逐一擰乾
而在這難眠的夜裡
我悄悄下水
將海底裡泅泳被遺忘的靈魂撈起
記憶是貝殼
貝殼是我的耳朵
耳朵裡有關於你的秘密

海邊的風景變了
她一個人坐在堤上一整個上午
她要告訴他
她把所有走遍的寂寞都寫成明信片
說　我尚且連自己的姿容都記不得了

陳之婷 創意獎

1984年生,台師大美術系畢。
2005年,「全國藝術創意作品線上競賽」電腦動畫創意類佳作
2005年,董氏基金會「心情,原來可以很colorful」圖文創作比賽第二名
2005年,第二十屆版印年畫創作入選
2006年,第二十一屆版印年畫電子年畫創作類優選
2007年,愛地球・有機棉T恤設計佳作
http://ctzbook.no-ip.com/
nicole4959@yahoo.com.tw

Daily Collection

從這裡移動到那裡

認識你順便也認識了他

在不同場合換上不同的代號

每一天都是這樣拼湊而成的

謝謝記得我的人

在我動彈不得的時喉

寄信跟我報平安

夠我忌妒得半死

有了拼下去的意志

其實我不需要什麼伴手禮

這些明信片就是我最想收藏的手工藝

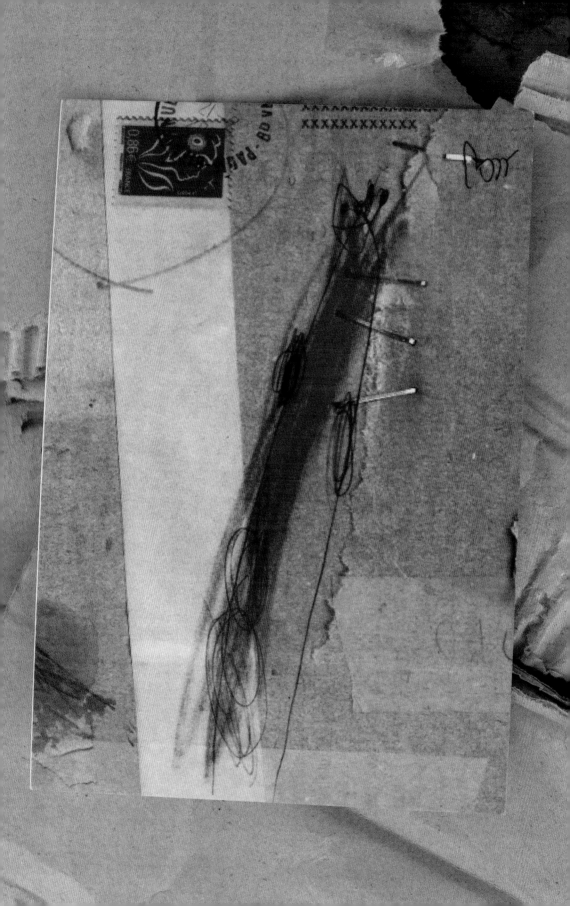

2007.04.30

手機鬧鐘設在六點二十
鈴響時撐著眼皮改成六點五十
算計著可以再賴三十分鐘便又昏了過去
但是下床的正確時間通常是七點十五
迎接每天的開始就是一個心機

加熱後的牛奶味道很奇妙
但還不到無法下嚥的地步
吞善存的時候要仰頭把藥丸直立放在嘴巴裡
減少碰到舌頭的面積和刮傷食道
大尺碼的聖女番茄整顆吞或是啃半邊都很尷尬

八點鐘的捷運是惡夢
車廂內的人都站得很牢很牢
必須鑽過他們
側身、低頭、護胸
列車一發動
周圍旅客手中的報紙也齊聲展開
有水準的一點會把報紙折到他要看的部份很艱難的看著
不過大多數都是豪邁的攤開報紙
稀稀嚦嚦的聲音抵著後背、手臂和頭頂
這麼多不看新聞就會死的人

新的捷運報幾乎沒有油墨味
是這一切唯一可以被原諒的事情

2007.05.18

沒什麼事卻有種耗盡的感覺
掛在椅子上　打噴嚏
用念力拔掉電話線（和身上的聲音線）
門開了又關關了又開
我不認識那些探頭的臉

情緒化的麥克風
點名黃金時機
缺教作業名單
這些那些都不是我想關心的事

每天每天持續磨擦
和不同場合的生活
和各名目的人際關係
和沒有影子的夢想
站立時抖落的橡皮擦屑
我好像越來越薄

就是為了這種時候才要寄信給自己
曾經離開過的證明

「工作是為了有天不工作
工作是現實
旅行是實現」
我買的旅遊指南上是這麼寫的

我還在這裡不過快要打包了
在雲集合完之前
麻煩把我搬走

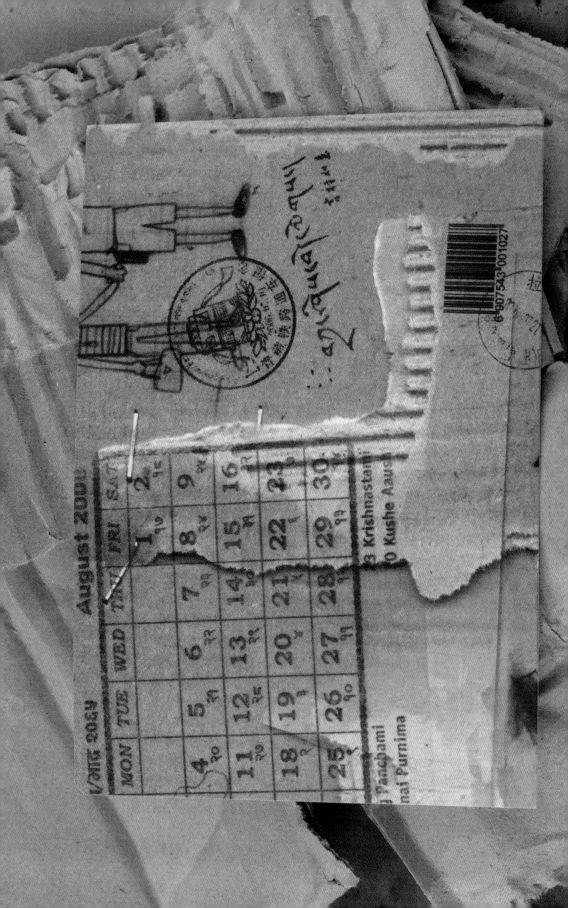

2007.08.05

二十三碎
以後還會繼續碎下去
希望你會幫我撿起來

我喜歡你們挑的禮物
2008年我一定會掛在書桌最顯眼的地方

最近一直做夢
夢裡什麼都沒有
總在儲存完勇氣的下一秒又
一腳踩空
我在裡面等自己醒來

駕訓班教練說我上輩子是開計程車的
那我這輩子會是什麼

如果
沒有意義的事像毛球一樣通通摘掉
還有什麼剩下來
沒有
還是毛球
會有新的毛球長出來
好整以暇等你摘
所以其實一直有事可忙
摘毛球

久違的牙痛
巧克力蛋捲吃太多可是不吃
就會被別人吃所以繼續吃
反正都要去看牙醫了

鼻樑右邊發芽一粒紅紅
儘管它不痛不癢只是　礙眼
就和冬天佈滿小腿的蜘蛛網一樣

游戲 創意獎

台灣台中人，北京電影學院導演碩士。

文學創作類繁，小說、散文、新詩均涉，作品散見兩岸報章及網站。

曾獲第三十二屆文藝金駝獎新詩首獎、第三十三屆文藝金像獎新詩佳作、

第二屆時報廣告文案銀獎、第一屆BenQ眞善美獎二獎等。

攝影方面，索求感官經驗忽略的相對定義與美感。

從冷冽裡找尋溫煦，從雜蕪中找尋靜謐。作品於國內副刊雜誌發表，並巡展國內外。

也執導影視短片和紀錄片，作品曾於中國獲獎，以及美國奧斯汀影展遴選參展。

現主文創爲業，兼擅文字與影像創作。

http://mypaper.pchome.com.tw/news/seven7club/

seven7club@yahoo.com

天星

稍早之前，我遇見他，一個Secularist，現世主義者。

他告訴我悲劇是不偉大的，因爲不存在宿命與前世來生。

所有的「發生」都是低下的，沒有比較級和最高級之分別。

不久後他的愛人對我說，他曾經是個Romanticist，最無可救藥的那種。

因爲無法忍受碼頭與胡同的被拆毀，

生命與時間的失去，世界不停地被拆毀與失去，

他的磁極於是轉移。那總之是好的，我說。

他做出了選擇，不受派定。

他展現了，在被差毀與失去之間，存在的能力。

索爾‧弗里

愛丁堡還是沒放晴嗎，喬治？
記得我們小時候，最著迷於廣場西邊的彩虹；
總在水簾、光幕和紅磚樓之間神祕出現，一彎美麗又甜蜜的謊話。

倒是我這裡的愛丁堡廣場，香港人說的天星碼頭，明天要拆建了。

維吉妮雅昨天把她三十年來保留的舞鞋扔了，這才是眞實人生，
我們再也回不去當年胡桃鉗劇碼一般的如夢之境。
我想，她跟她的爵士鋼琴老師有染。二十七年的夫妻，
基於一個男人對女性親屬的愛，我其實爲她在這個年紀，
還能享受身體的殘留價值，感到驚奇與愉快。

記得皮娜嗎？在她目光裡，我見到初識維吉妮雅時，
在她眼中所見到的，帶點輕蔑的依戀。
不過我已經無法顧及她眞正索求的是什麼了。

對了，之前提到的造船廠併購案，
我會從上環的銀行本部撥款給你，你那邊進行得如何？

皮娜‧恰朋都瓦

終於存到夠用的金額了，停下來罷皮娜，
這次妳一定要堅持了，阿拉賜給妳力量。

妳還記得嗎？十五年前自己一個人，帶著阿媽阿爸存了半輩子給妳的嫁妝，
堅持從蘇拉威西島到雅加達念大學，結果呢？
給那個賤命的男人騙騙光，還拿掉孩子；
曾經阿媽阿爸寶貝的英文系女大學生如今給人擦地洗衣，
還有跟弗里先生做那件事……，
真主會懲罰妳的啊皮娜，現在妳連矜持守戒的頭巾都不繫了，
妳接下來的路到底要走到哪裡？

阿媽要做六十歲壽了，今天早上他又偷偷塞來五百元，
算一算，這樣六個月總共多了一萬二了。
阿媽最愛玫瑰，不知道銅鑼灣的金飾店有沒有比旺角來得實在？
明天要趁弗里太太上鋼琴課的時候，趕快去一趟郵局。
寄給阿媽的快遞，還是要記得借用弗里先生的公司信封。

要堅持啊皮娜，等等去把頭髮剪短了罷，阿拉會眷顧妳的。
榮耀歸於真主。

李明蘭

倒數第二天，終於在下課後趕上黃昏的渡輪。
聽說明天會有好多的紀念活動，我的國文老師說今天來最好。

一個人去搭乘，感受某個時代即將結束的氛圍。
他突然收起平時說笑的臉，一板正經對全班同學說。
我覺得他這話是說給我聽的，因為他掃視全班後，眼神柔和地停住，對上了我的。

親愛的青青，我的好姊妹，我真想念上海，
如果不是媽媽堅持讓我跟姨婆回香港，
我們現在一定一起分著一碗豆沙冰，一起準備討厭的會考。

這位香港老師，很斯文氣的，
那天讓我領著大家念李清照的詞，還要我糾正同學的普通話。
我臉都紅了，一下課她們肯定又要取笑我咿咿啊啊的黃浦腔。
這首詞是他隨手抄在備忘紙上的，教本沒有，我偷偷留下來了。
青青，繁體字真好看啊，尤其是老師成熟工整的字。

渡輪上，我的對面坐著滿滿一排人，其中有兩個老外，
一位是西方男士，一位是東南亞的女士。沒有太多人交談。
從九龍到了港島，大家都有點依依不捨地離座。
我還待在原位，那位西方男士走向東南亞女士，默默看著她，
然後幫她把一綹額前的髮，順到耳朵後頭。

他離開了，許多人忙忙蹭蹭也走了，她才緩緩起身。
那綹髮太短，還是落回了前額。

花自飄零水自流。一種相思，兩處閒愁。
是嗎青青，這就是愛情了嗎？

許育榮 創意獎

1975年生，台北人。目前為全職的插畫工作者
2004年，作品小布偶獲第一屆福報文學獎首獎
2005年，入選雲門流浪者計畫，到上海流浪兩個月
2006年，作品「想念 旅行中」獲第1屆BenQ真善美創意獎
2007年，作品「Memory」禮物書出版
jet_shu0204@yahoo.com.tw

遺忘的旅途

旅行，該怎麼去定義呢？
背起背包，毫不猶豫地向他方流浪。
獨坐在咖啡館裡，望著庸碌的街景，
心，開始神遊到有妳的國度（一座虛幻的圍城）。
而當一段感情結束後，治療傷口的過程。
不也正是一段踽踽獨行的孤單，卻不捨得放棄的旅行。

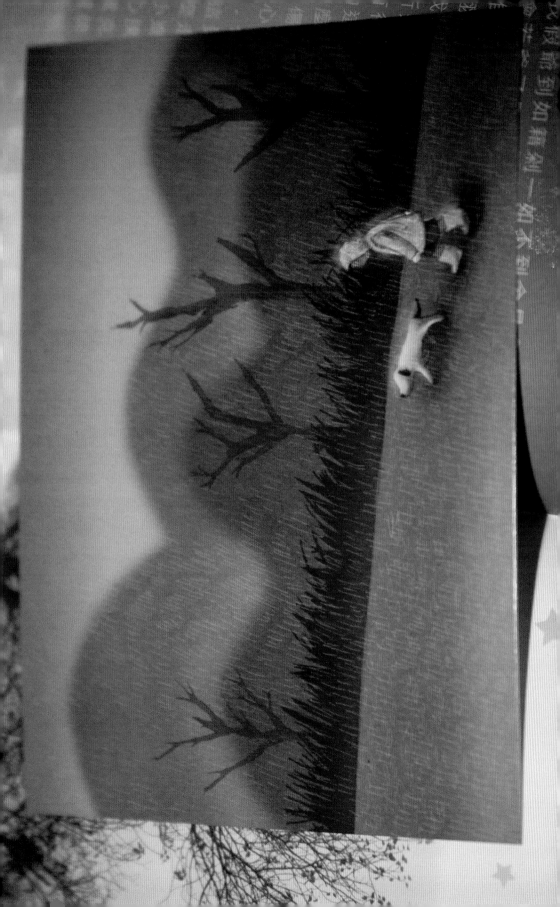

遺忘的旅行

綿延的細雨　染白了光陰的髮絲
白翳的大霧　打散了眼眸的凝視
世界被我鎖進了孤單
於是　遺忘的旅途中
只有腳印不斷地被留下

就從這裡開始吧！ 只要一步、一步的走下去。
會有那麼一天，我終究能重拾勇氣，抬頭看那，雨後的彩虹……

還記得那年夏天的約定，在南台灣的艷陽下，我們沿著筆直的公路往海邊騎去。
剛擰乾的天空，鑲上了一道美麗的虹。
妳興奮的指向它，如孺慕的孩童。
輕輕的，我把妳的手，繫在腰際。
迴身、輕遞了一個吻。

妳輕輕的靠著我的肩，小聲的說：
「在彩虹降落的地方住著的人們，是幸福的，因為他們擁有了所有的美好……」

風，捎來了鹹的慵懶氣息，雖然不確定能有多少時間；即便看不到路的盡頭。
但我在心裡偷偷的說服自己，會有一天，我將會帶著妳尋到彩虹落下的地方，
那個當時，我們都以為會永遠幸福的遠方。

不變的風景

啦啦啦……
就快要遺忘了
屬於妳的那一灘回憶
正逐漸地縮小範圍
只要眼淚不再跌碎
就沒有繼續擴散的理由

那麼
當夏天來時
是否就能填滿一整池的快樂

現在的我，就像是一隻烏龜，被調皮的小孩翻了身。
即便我急切地舞動四肢，看起來，都像是在原地打轉的陀螺。

這種等待救贖的感覺，妳可曾體會。

妳離開之後，這世界並沒有多大的改變，
地球仍規律的走著，白天與黑夜還是不停地任由時間載走。
只是，我開始習慣低著頭走路，只因害怕，
害怕一不小心瞥見的美好，會讓我之前的努力，瞬間瓦解。

好不容易，我找到了這個地方。
不論我怎麼移動，凝視我的景致，都不會有太大的改變。
這樣很好，我只需專心的轉圈圈，有恆的練習遺忘，
那麼，一切就只會更好、不會再糟了。

思念的季節

一不留神
就跌進了金黃色的年歲裡
零星閃爍的波光
是曾經經歷過的美好
而那一大片樹蔭裡
重疊著生活中
每個平凡的小細節
重重地壓在心上
就快要不能呼吸

睡夢中，收到了妳的訊息。

「很想你，可以見面嗎？」妳說。

沉默之後，我……沒有開燈、沒有回傳，甚至沒有起身。
慘白的天花板不停地投射著過往，直到窗外亮起了微光，才沉沉地睡去。
可我心裡明白，眼角落的，是遺憾。

只是為什麼？
為何夢中，仍能深刻的感受到妳雙手繫著的溫度，與那年夏天悠然的風。

記得當時，我很努力，努力的尋找。
終於來到了幸福的遠方，卻看到人們辛苦的收集著鹹鹹的眼淚。
他們說：「當陽光灑落在這些淚水上時，天空才會出現美麗的彩虹。」

於是，我懂了。
原來，在走向幸福的途中，傷心總是一路相伴；
原來，在南台灣那道筆直的公路上，迎風襲來的，是……

多年後，我潸然落下的遺憾。

高萱芳 創意獎

1986年生，彰化人。
台灣師範大學設計研究所就讀中。
2005年，韓國祥明大學師生聯展
赴韓國忠清大學交流
2006年，赴韓國祥明大學作品交流
2007年，赴德國Wismar大學時裝設計營
時報金犢獎網路廣告類入圍獎
台中伊德形象設計公司設計助理
http://blog.yam.com/mxmxm
hsiankao@yahoo.com.tw

平車與拷克

敘述我在德國修時尚設計的學分，

這是一趟心靈的旅程，

分爲城市藝術，作品碩果以及歸賦。

因爲我有隨身寫筆記的習慣，所以用日誌手札爲發想，

用紙張拼貼的效果，讓視覺更有玩味，

畫面編排穿插著手繪與圖像的結合，

像是灑脫的隨手記一般，一個影像即代表一個符號，

等著讀者來細細的品味。

一個目的地，兩種不停在腦海裡互換的語言，3乘以2倍的時差。

fashion design，開始了我在德國的平車拷克，在地球另一端的微型體驗。

前方總會有另一個驚喜，我一直這樣告訴我自己，

這裡是柏林Mitte藝術區，我正和一位希臘朋友悠閒的window shopping，

這是個乾淨俐落的城市，現代與復古交錯的建築物此起彼落，

滿街德國白人讓東方體型的我顯得特別嬌小，隨時會有被人群淹沒的感覺，

但是黑髮卻讓我出奇的顯眼，金髮紳士對我善意的微笑著。

偶然巧遇了一位德國老太太，她正在學中文，她聽得懂我叫她奶奶。

奶奶操著一口流利的英文，她對於台灣的地狹人稠住高樓感到不可思議，

這裡非常空曠，她說她沒有辦法想像，但這一切我卻看似平常，

我跟她抱怨德國香腸真的很鹹，嘴角彎彎的我，

思緒輕柔巧妙的沿著哥德式的蜿蜒旋繞到天際。

Wismar是一個靠近海港的小鎮，那裡天空很藍，

有成群結隊的海鷗在港岸盤旋著，船上有賣各式各樣新鮮鮭魚作成的三明治，

宏偉氣派的教堂在遠方孤傲的佇立著，我知道他有很多的故事。

學校座落於距離海港20分鐘路程的地方，明亮的玻璃屋是我的教室，

老師是來自柏林的時尚設計師——TUTU

她是一個浪漫又漂亮的女士，藝術是不分國界的，美學是共通的語言，

從與她的眼神交會，我開始思緒下一個將要呈現剪裁的版面，

偏偏裁縫機很不聽話，老是鬧罷工，我需要它來幫我作平車及拷克。

從台灣帶來的阿嬤花布讓我的作品增添了幾分朝氣，

TUTU很愛這個來自台灣的新奇花色，燈籠般的裙擺就像是含苞待放的蓓蕾，

在這異國之處更能表現出她可愛的特質，

一紅一藍之間，讓他們都能感受到屬於來自台灣的熱情。

現在你的心中應該有一個疑問，問我什麼是平車與拷克？

老實說起初我也不大清楚。

但他們確實是兩個很有趣的名稱，「平車」簡單說就是兩塊布用一條線縫在一起，

而「拷克」則是拿來處理下擺，縫出來的線是那種相互交織，

厚厚一條，目的是不要讓布料脫線。

對！我的思緒，正著實的與這片陌生又不思議的地方深深的密合交織著。

這是一種撼動，就彷彿毛細孔全部張開來吶喊著。

一個輕輕的午后，從來沒有這麼愜意，我閉上眼睛深呼吸，
開始享受一個人的孤單藝術，這裡的步調一切都是慢得這麼優雅，
白髮蒼蒼的老奶奶牽著小狗，後面跟了牽著單車的老爺爺，
一切看似不能再平凡的平凡，卻讓我的心激起了一波又一波的漣漪，
他叫做簡單的幸福。
從陌生到熟悉，正當我習慣了這裡的一切，卻又要說再見了，
越南廚師先生給我的哈密瓜，瘋狂喜愛亞洲女孩的租車老伯伯，
TUTU的諄諄教誨，漁港藝術中心的耀眼成果展，
小船上的鮭魚三明治，老城裡婆娑的戲偶，
這些就像是平車拷克般緊密的烙在我心底。
這些日子以來，行李箱比來時重了，
除戰利品外，還滿載著師長、同學的祝福，與當地濃濃的人情味。
在通往漢堡機場的路上，我哭了，背著藍天，
我將飛回地球的另一端，像隻將要歸巢的鳥兒，
回到許久不見的台灣，這一切的一切將會成為永恆。
我會記得曾經在德意志，寫下了我人生的得意誌。

顏文新 創意獎

1992年，台北市公車暨捷運詩文徵選打油詩佳作、現代詩入選，
1995年，第二屆高雄市民關心市政建設建言「高雄捷運與市民生活」徵文活動榮獲乙等獎，
身心障礙宣導月活動徵文比賽教師組甲等，
1996年，守護愛情全國徵文比賽初為人父母組第五名，
身心障礙宣導月活動海報比賽教師組優等，
1997年，北區房屋「回家真好」入選百篇佳作。
特殊教育教材教具比賽教具與輔具組優等。
現任高雄縣正義國小資源班教師。
xc2833@yahoo.com.tw

蝶之冥想

因無尾鳳蝶幼蟲的窗前生命成長蛻變
陪我度過無盡的冥想，觸動對屏東鄉土的感懷，
體會生命的正面價值，無論是蟲形蝶影或是冥想破繭，
總值得我們認認真真地來走上一趟。

看著自家花台不經意發現的無尾鳳蝶幼蟲，

夏日清晨早起的老婆臉上洋溢著喜出望外的神情，

雀躍萬分的我拿起相機專注地為訪客留下造訪的儷影。

無尾鳳蝶的幼蟲在晨昏定省的仲夏清晨，輕輕串起生活中的點點滴滴。

短短的一天，無尾鳳蝶幼蟲迎著夕陽西下的餘暉，竟成了作繭自縛的冥想居士。
清晨打開窗戶問候冥想居士成了老婆每天起床後的習慣，
隔著肚皮的娃娃傾聽媽媽每天對冥想居士的呢喃。

舞動鵝鑾鼻和貓鼻頭兩隻觸角，張開澄澈映影的牡丹水庫，
睜大絕色天光的南仁湖，試著，望盡波光粼粼的天海相連，
像傳家的琉璃珠，妝點那左與右，成一雙搜尋的眸子。

看哪，那梭巡於浩瀚太平洋飛舞的蝴蝶來了，咽下如紗飛瀑的雙流水霧瀰漫，
振奮蝶衣層巒聳翠的來義前翅，脈動泊泊力里溪與士文溪石板排灣的春日，
穿梭於雲與瀑布交融魯凱霧台後翅，末翼滑翔水碧山青交疊香染幽谷的三地門，
情牽北大武精神的泰武部落傳奇，維繫原味的瑪家隘寮溪畔。
翅上的鱗粉，老是迭落著，長長串串的蕉風與纍纍的椰雨，
在山海間沃土肥壤的屏東平原，而斑斕絢麗的翅下，卻是農人辛勤的耕耘，
那兒艷陽的炙熱在這裡汗雨，果香煙氣的蒸騰醞育揮灑出
一片蔗浪稻海的波瀾壯闊，予我無盡的翩翩遨遊，伸出拓墾的六足，
踩踏綠野平疇的客家采風，淳樸長治的英烈民風掠過，輕拂飛珠濺玉般的大樹林，
落腳於麟樂莊嬉遊，朝拜內埔古剎昌黎祠，
夜行懷舊竹田老驛站，聞香盤旋萬巒鄉，
褒忠門額傾訴著新埤史蹟，蕭家古厝五大落層疊緩緩升起。

溯溪而上的里港竹筏，將花蜜點點置於清香吐艷的鹽埔，
造訪九如蕉研菸試所的芳容，一探阿猴古城夙昔。

遙想當年雲集萬舟的景象，屏東平原的族群融合之地，
已浮在潮庄上了，如同泥火的新園泥漿是鱗粉迸射的餘光。

偷嚐口南州的糖，再拌抹點兒崁頂麻油，味蕾的綻放使我心神振奮，
輕挪漫長的海岸線胸腹，棋佈著東港、枋寮、小琉球氣室，
胸前別上甜美晶瑩的黑珍珠，黑甕串、櫻花蝦、薔薇帶鰭滿足我蜜源感官的需索，
而小琉球珊瑚樹上的花瓶石是我的遺珠。

捲動四重溪蜿蜒的吸器，我要說今年的落山風來得太早，
吹落我胸前霧凝成的珍珠，灑落在夕暉晨曦的南灣，成點點耀眼的金沙白浪。

無尾鳳蝶幼蟲的窗前生命成長蛻變陪我們度過無盡的冥想，
也正因為這樣，我竟然開始憂慮和害怕起來，
在我們家的幸福與喜悅裡，總無法不滲進一些蝶戀的悲傷，
就像那隨著晨風夕照而來的，縈繞滿室的蝶影一樣。
然而，生命也許就是這樣吧，
無論是蟲形蝶影或是冥想破繭，總值得我們認認真真地來走上一趟。

劉盼妤 創意獎

1986年生。
現就讀實踐大學媒體傳達設計3D動畫組。
曾入選第一屆U19數位動畫。
http://blog.yam.com/freakie
pamelalove182@hotmail.com

The Bed 2618

這個夏天特殊得不得了，我開始感覺到二十歲才是人生的開始。
於是我又開始拿起好幾年前買的雜誌剪剪貼貼，
好記住這些曾經讓我們都落淚的經歷。
要心裡有個人，才會開始想要創作些什麼，
因爲會成爲一個禮物，好像這樣的存在才會有意義一樣。
當我拿起剪刀，毫無計畫的剪與貼，
就跟我的手指在鍵盤上胡亂敲打卻成爲一首歌是一樣的道理。
那裡有人的味道，有我的，有你的。
要這樣有感情的東西我才能下嚥。

I need some Feedback here...
Economy Class Boarding Pass
經濟艙
MACAU
TAIPEI
THIS IS
FREAKI
FOR

○七年七月。

有誰能料到在幾個失望的心飲完酒之後胡亂發的誓可以成真？

於是你們像天使一樣的降臨了。

灰塵落在2618房，吉他的聲響蓋過沙漠寂靜的哭喊。

親愛的天使身穿飲料品牌的T恤，原來他們都是搖滾客。

我不敢想要是早個一兩年遇見你會怎樣。

我還會想和你結婚嗎？

這不好笑，我從不輕易求婚的，我只敢說，如果你拯救我，我就當你一輩子的朋友。

所以我們不停吸煙，好像那是唯一可以作為連結的行為。

等到那些煙灰都被啤酒的味道殺死。

你們知道所有時間都凍結了。

在兩點的時候我在書店樓下打了通電話，

於是這變成了我們與天使的小秘密。

在曖昧的擠壓之中你是否有開口邀約什麼，

可是我真不記得了。

唇上留有擦都擦不掉的，你的指紋。

在午夜之後，你變成了我衣服上的墨點。

花了兩天便決定用我僅有的理性買了往你家鄉的機票。

喔你始終不是屬於這邊的，也不是我的。

Back to your day job, back to your girlfriend, back your home town.

它點醒的不只是你終究會離開，還有你不是一個人。

當這些都變成事實也不得不忘記你留下的電子通訊碼。

你沒有給我Feedback也沒有大聲唱我寫給你的歌。

而你

而你

你是一首被寫給我唱的老歌。

那麼熟悉的旋律總是令人想起那些黑白灰的風景。

在那裡我看見了你望過的建築。

你過去吃過的好吃東西。

你呼吸過的清新空氣。

甚至是你踏過的腳步。

但我在棉被裡緊裹著身子，旁邊的天使睜著眼睛。

他也許說了什麼，混合著呼吸喘息的顫抖，

我腦袋裡只想著你打鼓我歌唱的歡樂模樣。

most part it's repellently
interruptions are e
s that noise?"
controlled, i
tion

mple stroll down the str
ur ears, raise your eyes t
nium of our everyday
e noise may seem a
fear and confusion
d sublimity and m
century, two sch
at stand astrid
ickery, with
hearts throu
is draine
Of Etern
of ir
d rif

an.
langu:
the you
ic circle o.
f extreme m.
d mutilate th
Observing the a
tion and destructi
ng exit signs. Ther
only seems apt tha
for one of their leviat
ache with ancient myth
d as a tribute to the dr
in sound and noise. Playing
as their sound edges grimly
ey're just a couple of blokes fro
ompromising, barbaric and base,
d. It demands patience, understan
pularity extending? Maybe like drugs, alcohol, smo
represents

roch
e awesome
phen O'Malle
me a vessel for i
ering robes, they appe
d of tectonic plates. At tim
sessed with creating an otherw
encompassing insistent vernacula
and a strong stomach. Wh

th to come dance wi...

le moonlight

ettiest

D co...

rom

eauty

nd Nic...

he nu...

ialled. T...

ide,

Look Those Stars → They will shine for me.

Will shine for you. → They will shine for me.

When you lonely I will be the stars!

Just keep missing all forget!

maybe one we will so much

'cause we were

Where I...
I'll be...
lonely I...
stars!

in their
mark
ht it
ark
up

alive. These are the

has been

Carrie.

to

對，當你寂寞的時候可以看著那些星星。
然後我會變成他們在你眼前落下。

找不到Bob Marley，我好請另一個Bob希望你不會介意。
是的我想和你一起jammin'，希望你也喜歡jammin'
事實我得承認這一切太過於濫情天使的來電五十
在晚間九點半上演而沒有配對成功出局再見，
夏日戀情的夢宣告失敗我沒有辦法一切都以極為急迫的光速動作著，
跟不上潮流的確使我有些沮喪，但在分手之後的兩個月我仍享受孤獨的感覺。
不知道兩個一個人抱在一起會是怎樣的場景？
希望那非常美好就像每個少女幻想的花園，
捨不得眨眼以免這一切都在瞬間崩毀。
當你徹底成為一個人的時候，
你可以大聲朗誦我的名字，
很大聲，很響亮，很用力的。
然後你和我可以成為我們。
我們，多美好字眼，
我們。

張芷瑋 創意獎

1986年生，嘉義人。
喜歡觀察、畫畫、旅行、考察⋯⋯
目前就讀師大地理系。
未來還在準備中，希望能對社會有所貢獻。

一張明信片

創作理念？！也沒什麼理念，
只不過是想要做個可以寄給同學的明信片。

鴿子

他相信他能飛，
他一直都相信他能飛。

飛行，
是他與生俱來的能力。

只是，
我只記得他在公園裡，
和他一群同伴，
一起吃著麵包屑的模樣。

我甚至以為他們總是集體行動，
忘了賽鴿的目標是要甩開同伴，
取得第一。

雖然他不是賽鴿，
但是他也能飛。

訓練的過程很辛苦，
就像我們讓小孩補習一樣，
每天不斷的不斷的重複重複練習練習。

這些，
是為了什麼，
還不就是第一名，

我問他：
「超越其他人的感覺如何？」

他說：
「我不知道。」

他沒超越過別人，
也沒試過超越，
他只想悠閒的生活，
不想證明些什麼。

也許他也很會飛，
只是需要一點訓練，
以及一點往前飛的勇氣。

看著這隻停在陽臺猶豫不前的鴿子，
我猜想著，
也許，
他並不想當一隻領先其他夥伴的賽鴿，
他想做的可能是送信，
就像古代的信鴿那樣，
他也許遠渡重洋，
送來了一張來自國外的明信片，
只是不得其門而入，

想到這，
我不禁開了門，
想去樓下看看我的信箱。

飛機

人類從好久以前就想像鳥一樣飛。

鳥兒可以飛多遠，
人們想飛得更遠。

終於，
人類有了第一對翅膀。

我不是鳥，
但是我也能飛。

每次坐飛機總是有種期待，
我喜歡抬頭看雲，
更喜歡低頭看雲；
抬頭看雲總有遙不可及的感覺，
低頭看雲才發現這是一個
多麼容易超越的高度。

飛到國外的感覺真好，
不一樣的世界，
不一樣的感覺。

我說著他們聽不懂的話，
他們說著我聽不懂的話，
我們這麼的相像，
卻又這麼的不同。

西方人看起來比我們大了一個尺寸，
身材比較高大，
衣服比較寬鬆，
食物份量也比我們多。

我看西方人，
大概就像是小鳥看飛機吧！

遠看，
感覺很像；
近看，
其實我並不敢近看。

很高興，
我不是小鳥，
但是我也能飛。

飛到國外，
寫張明信片給你，
讓你的明信片，
也坐個飛機，
然後送到你的手上。

想想，
當明信片好像也挺好的，
只需要一丁點的錢，
就能坐上飛機。

只可惜我不是明信片，
所以，
我只好在這，
多寫幾張明信片，
多讓一些朋友，
也感受我坐飛機的快樂心情。

心

這是個意外，
沒有人知道，
天空爲什麼出現了一個愛心圖案，
更沒有人注意到這件事情。

在大家眼裡，
雲，
不過就是雲。
愛心形狀，很了不起嗎？
也不是沒看過天上出現阿貓阿狗的。

我也不知道，
我爲什麼這麼的開心，
只是爲了一朵雲？
或者是爲了一顆心？

不知道他會出現多久，
也許，
過不了一下，
就這麼「雲淡風輕」了。

其實他會存在多久，
似乎，
並不重要，
畢竟，
「不在乎天長地久，只在乎曾經擁有。」

但是，
我曾經擁有這顆心嗎？
其實我也不是那麼確定。
不過我要恭喜你，
你擁有了這張明信片，
希望你會喜歡。

郭彥廷 創意獎

國立大甲高中家具木工科、國立台北科技大學工業設計系畢，
國立台灣藝術大學工藝設計研究所在學中。
2000年，台達電吉祥人物設計大賽 佳作
2004年，全國眼鏡設計大賽 佳作
2006年，技嘉科技G-Design設計大賽「美化生活組」金賞獎、最佳人氣獎、最佳造型獎
文化創意產業新秀大賽 最佳營運獎
第一屆客家同花衍生創意產品設計大賽入圍獎
第五屆台灣區龐貝藍鑽馬汀尼杯設計大賞金賞獎
數位典藏商業設計大賽公仔設計雙佳作
2007年，門諾醫院設計年度公益T恤與貼紙 第一名
第三屆設計師玩具角色設定大賞優選
http://www.wretch.cc/blog/uglyfamily
s_kuokimo@yahoo.com.tw

我不是我

以生活的寫照為題材，
描述現實生活與自我內心的矛盾，
可以坦然面對真實的自己，
卻逃避現實社會所給予的壓力，
讓自己不斷在反省與迷思中度過，
也期盼著能有重生的一天。

咖啡快沒了，視窗下的時間顯示上午3:45，

這回合剛好也結束，站起身伸各懶腰，

肚子裡的胃酸在翻騰著，宵夜吃的泡麵在此時不具任何意義，

翻著抽屜找那隨時都在找的鎖鑰，開著生了鐵銹的大門，

刺耳的聲音在樓梯間迴盪著，彷彿宣示著我的今天剛要開始。

腳踩著藍白拖，在樓梯間行進，拖鞋與腳掌的拍擊聲，不停的重複奏著，

一樓紅色掉漆的鐵門依然沒關好，

貼在門上的字樣寫著「請隨手關門提防宵小」，匆匆的歸客通常視而不見，

或許是方便讓同樣是揹著滿身疲憊的芳鄰，

可以省去一道回家的手續。

騎樓下塞滿了機車，寸步難行用在此時甚為貼切，
巷子的路燈昏暗映照，方便我注意隨時竄出的貓，
走到巷口的便利商店，進了開啟就會有問候的自動門，
雖然永遠是那句「歡迎光臨」，但那也是我每天唯一能聽到的問候。
挑了熱狗和不能沒有的咖啡，將手伸進鼓脹著的口袋，
短褲的口袋通常不深，硬幣和鈔票混雜的錢包，
偶爾還摸到幾張過期未對獎的發票，
連店員的臉都還沒看清，就拿著結完帳後的物品匆匆離去，
大口吞著，咖啡流到下巴，急忙用手擦拭，
人的鬍渣像全身豎起的刺蝟，讓人不敢再次觸碰。
走著想著，出租店的漫畫到期沒、下載的新片幾部沒看、
遊戲討論區所說的寶物價值多少，這就是我目前生活中的一切，
從小到大認真唸書，選讀頂尖大學的熱門科系，
期待能成為有股票分紅的電子新貴，直到現在窩在狹小陰暗的住所，
認識的異性只有拍成人片的日本女星，身上穿著印有線上遊戲圖案的上衣，
衣領早已成了梅花，還殘有一些咖啡漬在上頭。

完全不跟著潮流走的我，最近被冠上目前火熱的名號「宅男」，

似乎是在嘲諷像我這般生活的人，一股無名火猛然從體內竄起，

只是每天不能沒有動畫陪伴，有空就去轉轉扭蛋，這樣存在的我是那麼不值嗎？

一股想改變的念頭在心裡吶喊，快步扔下沒喝完的咖啡罐，

奔回那沒人等候孤寂的家，那對我來說是個家，

心理學家不是常說：「改變念頭就能改變人生。」

紅色鐵門依然敞開歡迎我歸來，箭步跨了幾個階梯，

打開大門衝向那過去我自認為的天堂，

在這屋內唯一值錢的貴重物品，每晚與我鏖戰的電腦，關掉它我就是重生了，

操作滑鼠讓視窗開啟，正準備移動游標時，

MSN上不太熟悉的暱稱傳來訊息，寫著「準備開戰了，宅男」。

張韋婷 創意獎

1982年生，輔仁大學中文系畢。
從小就喜歡畫畫、剪貼，喜歡色彩豐富、飽和的畫作，
喜歡充滿幻想的童話作品，希望以後能成為一個童書繪本的作家。
2008年準備出走澳洲，找尋自己的夢。
http://www.wretch.cc/blog/cuteleila
cute_leila1982@yahoo.com.tw

夢遊貓國境

一個讓人無力的夏日午后，一位失去快樂自主能力的女孩，透過一場夢，
學習貓咪的人生哲學，了解到快樂不是來自於外在，而是從內心散發的。
整篇文章沒有一個夢字，沒有睡也沒有醒，看故事的人認定她在作夢，
而故事裡的她始終沒有懷疑過那不是現實，其實人生不就是像一場夢一樣嗎？
有的時候迷迷糊糊，有的時候又異常的清醒與真實。
在我們成長的過程中，已經被訓練成「快樂是有條件的」、「要付出才會有快樂」，
可是在貓咪國境裡，快樂是自己認定的，
女孩在三場夢境中被貓提醒，最後終於了解快樂的真諦。
希望每一位看過的人都能因此學會貓咪的絕活，
讓自己即使平凡也活得像個貴族。

悶熱的下午，讓人什麼事也不想做，

音響裡播放著搖滾樂，嘶吼著聽不懂的歌詞，似乎有很多不滿。

「也許我不應該整天的躺在床上。」心裡這樣想著，身體卻懶得動。

「啊！爲什麼這麼倦怠呢？難道是老了嗎？」

說出自己也覺得可笑的話，疲累的閉上眼睛。

場景一

來到一條紅色的街道，周圍盡是鮮豔的建築，還有很多的貓。

我邊走邊覺得有點興奮，不自覺哼起歌來，「都是我喜歡的美國短毛貓呢！」

「你在看什麼書呢？」我走向坐在階梯上的貓。

「嗯，一隻貓因爲太胖而不能舔毛的悲慘故事。」貓小姐傷心的說。

「這眞是我聽過最悲傷的事了！」我流下了眼淚，爲什麼會發生這種悲劇呢？

身爲貓卻不能舔毛，簡直是剝奪了貓的生存權嘛！

一隻在旁邊吃蘋果的貓說：「不要爲外在的事傷心好嗎？」

我正想請教她的時候，場景就換了。

場景二

在一幢豪宅裡，貓咪們的裝扮都很像明星，
一位貓女拿著麥克風站在鼓的中間。
另外兩位正在下午茶，一隻貓坐在窗邊欣賞風景，
一隻貓躺在床上好像在裝模作樣，貓就是愛裝模作樣，沒錯。
「我們正在創作。」主唱貓起了一個key，大家喵喵嗚的唱了起來。
「有時候你會覺得每一天都在重複，
像主人給的貓飼料一樣。
有時候你會覺得每天都迷迷糊糊，
像冬天的貓只想睡覺打呼嚕，
你以為貓咪很消極，
可是我們享受當下，喵嗚！
簡單的事我們也可以做的很幸福！
我只認同自己，活得像個貴族。
永不看人臉色，活得像個貴族。喵嗚！」

場景三

我還想再聽下去，但我已置身在一處大花園裡，

大樹下坐著一隻貓，她正和另外一隻坐在蓮花池中的貓一同看著天空。

我也去坐在蓮花葉上，望向天空。

「我們在想像天上那隻鳥吃起來的滋味，嗯，一定棒極了！」她們舔著嘴唇。

「不切實際！」我小聲的說。

「幹麻一定要實際，能幻想也是一種幸福。」蓮花葉上的貓說。

也是啦，愛幻想又有什麼不好呢，就像小時候一樣啊，

開著窗看著外面的風景就可以愉快的度過整個下午，

是歲月讓我變現實了嗎？是現實讓我變麻木了嗎？

單純的開心變得很難，真心大笑花錢還買不到，

想要做自己，想要回到小時候，想要不在乎別人的眼光，想要再恢復快樂的能力。

「你現在就可以快樂啊！」一隻跳舞的貓不知道什麼時候跳到了我的面前。

「可以嗎？」我很擔心，失去快樂的能力有點久了。

「先跳起舞啊！」跳舞貓說著跳起了佛朗明哥。這不是村上春樹的情節嗎？

「必須全然的接納自己。」樹下的貓開始唱起那首貓樂團的新歌。

「我好像有點懂了。」然後我也跟著他們唱歌跳舞，

嘴角的形狀，不自覺的像貓一樣，往兩旁延伸。

劉怡寧 創意獎

1986年生，高雄人。
高雄海埔國小、台南家齊女中畢，
現就讀中原大學商業設計系。

接近天堂

此創作皆以電腦進行作業，我試著以繪圖軟體尋找手做質感，
以網路圖片尋找共通的熟悉語彙，再以即興的拼貼，製造出有溫度的畫面。
用仿作唱片封面的風格加上類歌詞的文字，表現出一致的表現手法。
最後文字中透露出面臨死亡的恐懼和諷刺。

「接近天堂」3合1專輯前構思：

如果要將人生分成三等分存成1200kb實在有些困難，
首先人生不能過得太輝煌，不然寫幾個字就破表；
人生也不能過得太無趣，不然連存檔都有困難。
內容應該是老少咸宜，能引起大家的共鳴，最好再加個終極目標：
看完穢氣全無、百病全除。

當然，上述所說都是我在胡謅，我想我能做的，只是出賣我的綜藝梗供大家歡笑，
如果你們笑得出來就好了，如果不行，換我哭也可以，
畢竟我把人生最悲慘的事都寫上了。

在構思如何出賣人生之前，我思考了許多詮釋的方式，
最後我寫了三首歌，這些歌，只有詞沒有曲。
在一個小時可以下載三張專輯的網路時代，
我居然想打破這種數位便利，對不起，我真的很不討喜。

我希望在這個時代，文字是可以擁有自己的律動與節奏的，
不需要聽周杰倫就能知道茶道軌跡，我想試著用自己的文字找出自己的聲音。

「接近天堂」3合1專輯名稱發想：

「天堂」，人死後會前往的地方，也有人將它引申為一個快樂的所在。
而我對天堂的定義很簡單，就是停止呼吸30分鐘就會到的地方。
再進一步推論「接近天堂」就是差點就死掉的意思。
我今年21歲，就有三次即將掛點，老實說應該不只三次，
但我頭腦不好，而我能記得的就保證很high。

1.「接近天堂」──喔……我的腰力不好

這首歌是寫給十歲的我，
如果有人仰著入水時請不要抓住他的腿，
因為他很可能永遠浮不起來。

時光回溯到后羿出生前
太陽果然還剩十個
你有什麼辦法　沒辦法（rap）
你說游泳去吧
一個泳圈　三隻人
一池冰水　六條腿

漣漪畫出消暑弧線
比貝茲曲線還要美
於是我仰天長嘯
突然發現哪裡不對
因為　我仰著往水裡墜
拜託 請不要拉我的腿

喔……你知道的
我的腰力不好（repeat）

2.「接近天堂」──今天車上的人都睡了

這首歌寫給十八歲的我；
小心開車時不要睡覺，
這是跟我媽講的。

雙向道　回家的路上
車窗外　橫臥的景象

躺著的稻田
躺著的麻雀
躺著的電線桿
這樣的柔軟氣氛讓人懶散得睜不開眼

不知為何（合音）
我們偏離雙黃線
不知為何（合音）
我們離安全島越來越遠

不是吧　不會吧　沒有吧
你睡著了嗎　媽媽
醒醒呀 耶～
醒醒呀 耶～

今天車上的人很多了
7到站 日記本很多人
車窗外 行道的手成
時間的孔
時間的店香
時間事的走法

這樣多的事怎麼辦了
該人坐起的那樣子
間限
不知怎回（音）
他們行匆慢的雲球線
愛如高尚（音）
他們相約誰的年末
要走

正是吧 不會吧 現在吧
阿的色 好 對
阿的色的好

~ 耳~

TRAFFIC

traffic

Jump

3.「接近天堂」──飛簷鑽地

這首歌寫給十二歲的我，
當可觀的體重站在石綿心瓦上，
千萬別逞強。

小心的練著巫術
冷靜的念著咒語

開始
跟我飛簷走壁
開始
跟我飛天鑽地

起初的好運氣讓我誤以為所向無敵
少了膽子　我說別遲疑
多了翅膀　我說別懷疑

快點
跟我順毛　展翼　振翅

沒想到我直接飛簷然後鑽地
衝破屋頂然後跪地不起

哦　重點是那屋頂不是我家的
（repeat*2＋雜訊＋淡出）

馬樂原 創意獎

1985年生，花蓮人。
海星高中美工科、中國科技大學新竹校視傳系畢。
2007年，EPSON第三屆我是創意達人學生組佳作。
目前正努力成為自己喜歡的樣子。
http://www.flickr.com/photos/mare03/
leleyuan_ma@hotmail.com

行走的姿態

姿態──一種姿勢表現出的態度。
每個人步行在這世界中的姿態不盡相同，
究竟要怎麼走，以什麼樣的姿態，
沒有標準答案，只要照著自己的步伐，
展現自己的姿態，勇敢的行走在這世界。

看見自己的姿態

某天醒來，我開始認真的端詳起自己的姿態，尤其是行走的姿態。
我站在鏡子前，發現原來這就是我啊，有時候自己對自己感到意外
──原來我是長這樣啊！？
特別是當我很久沒有看見自己的時候。
當這個念頭開始蔓延時，無時無刻，我不從別人的眼中企圖看見自己的姿態，
也開始在意起當那水晶體反射出來的姿態。
後來，有的時候我會在那反射當中感到刺痛。
後來，有些時候我會先從那人的鞋子先看起。

想要看見自己的姿態，除了看著別人的眼睛以及藉著鏡子這些反射動作以外，
另一種方式是，即使你不那麼想要知道，也無法將耳朵的功能及時關閉，
一些關於你的話語，就會順著風，藉由空氣，傳達到大腦，
或許會開始產生一些情緒，有可能是負面的，也有可能讓你整天都像飛上雲朵一般。

我的姿態最常被用駝背這兩個字來形容，忘了是什麼時候開始，
行走的姿態跟這詞總會緊密的被結合，就像是蝸牛背上的殼，
總是那樣緊緊的，黏著皮膚，一步一步慢慢的滑行著，甩也甩不開。

但我若用與生俱來這種方式來形容步行的姿態，有點太說不過去了，
但真的要推測回想的話，應該是在發育期的時候，駝背的情形越來越嚴重，
一點一點的，身體在成長著，階段性的變化，我不喜歡，其實不喜歡長大的。

如果我偏離自己預期中的樣子成長呢？如果我長大後開始討厭自己呢？
像是抗拒一般，藉由彎曲，開始了這些年來所看到行走的姿態。

但我發現我根本記不得，當時我的預期樣子是什麼。

夢想中的姿態

在夜裡，在夢裡，在聊天的空隙裡，我想像我心目中典型的步行的姿態是什麼？
姿態，姿態，一種姿勢傳達出的態度。閉上眼睛，眼前出現了一大片藍天，
好多個我在雲端上步行，就好像走在柏油路般，很平常的事情，
第一個我步行的姿態是將臂膀打得直直的，就像是一造飛機，
這個姿態使我像是飛行的人，可以跟著雲端上飛機，自由的來來去去。
第二個我步行的姿態，像是一個芭蕾舞者，將雙手舉高，可以碰到天空一般，
雖然現在的我以及我們，就是在雲端步行。
第三個我第四個我第五個我……就像是舞團一般，每個我使出了渾身解數，
努力的將自己行走的姿態表現出來，像是在這世界中行走，
即便是每個人所選擇步行的道路不盡相同，
似乎也是有某種標準在評論著大家的姿態。

悉悉嗦嗦、嘰嘰喳喳，那麼標準是什麼呢？
我問了身旁的人，他們聽到這問題時，會先露出疑惑的神色，
似乎這個問題很難回答，但又讓你覺得，這問題的答案，
大家都心照不宣的指著相同的範圍。

他們的姿態

我開始看起了路上行人們的姿態，或許這些姿態當中可以看出一些答案，
路上的行人很多，尤其是台北，
首先他們步行速度都很快，行走的姿態大多都是挺著上身，
腳步快速的移動著，眼神似乎沒有什麼焦點，表情甚至有些嚴肅。
他們行走的姿態，就好像是我不喜歡，不喜歡長大時的感覺，
即便他們的姿態，是那樣的理直氣壯。

這就是標準答案嗎？這讓我有股難以言喻的情緒，
我閉上眼睛，開始看見有一隻蝸牛以一種微乎其微的速度，
以及緩慢的姿態，步行在這世界，在牠步行所留下的黏液中，繁生出幾隻蝸牛，
接著牠們一群慢慢的步行著，以牠們的姿態。

劉明樺 創意獎

1983年生，彰化人。
崑山科技大學視覺傳達設計畢，現爲自由設計師。
2004年，第十三屆時報廣告金犢獎金、銀犢獎
統一創意新食代 行銷企劃類第二名
4C數位創作競賽 平面類銀獎
2007年，7-11社區自然故事徵文文采首獎
文建會清心過好年「我們這一家」圖文電子書徵選首獎
文建會清心過好年「我們這一家」紀錄片徵選首獎
尋找生命達人動畫短片類銀獎
由大好書屋所出版《大頭菜當兵手繪日記》
http://tw.myblog.yahoo.com/liubig-2000
liubig2000@hotmail.com

我家平凡的偉人

樹在種子的時候就知道要成爲一顆大樹，

成爲生物的住所，大地的綠衣，並散播種子，延續生命，

他根本不知道生命在哪一刻會突然結束，

或許是一個雷擊、一場火災、一隻小蛀蟲，

但他永遠都知道的是，活著的每一刻，

都要展現自己最美的一面，貢獻給大地。

我掙扎過，迷惘過，常問自己「我生命的意義爲何」？

往往都沒有一定的答案，但有兩位看似平凡卻不平凡的人，住在我的心中，

讓我茁壯，他們教會了我，活著就是要愛家人，愛台灣這塊土地，

謝謝你，我愛你，我的ㄚ公ㄚ嬤！

2006.11.29　23:00

我提早前三天退伍了，因為突如而來的消息讓我不知所措，
在軍中歷練了堅忍，面對著百樣人，讓我也不知道該怎麼面對我的心痛，
不知道該如何呈現我的難過，我的丫嬤她……過世了……

看著躺在冰櫃的她，眼眶邊緣含著熱淚，但流不下來……
我開始沉默，心裡一直覺得丫嬤還活著！到現在還是！
回想起生前的丫嬤，每次回老家的前一晚，
丫嬤總是會失眠，直到我到家她才安心的睡；
每次我都很氣丫嬤，不管餐桌上菜色如何，丫嬤總是最後一個才來吃飯；
但有一句話是丫嬤永不離嘴的，那就是：「你今年過年會回來嗎？」

我在當兵時，丫嬤從來沒問過我當兵過得苦不苦？
她只問我，過年來得及回來嗎？
現在回想起來，丫嬤真的都很著急這件事！
每次過年的前前後後，丫嬤總是忙個不停，忙著準備滿桌的菜色，
看著圓圓的桌子坐滿了人，吃著丫嬤親手準備的食物，
是丫嬤人生中最高興的一件事，
一年就等一次，接下來又開始為明年叮嚀大家，為明年做準備。

2007.07.04　21:00

坐在ㄚ公的床邊看著他，摸摸他的手，他也用他粗粗的手摳摳我的手，
看著ㄚ公的眼睛一直閉起來，我叫著：「ㄚ公賣睏啦！（台語）來去巡田水了！」
這是ㄚ公有意識時最愛說的一句話了。
水稻的種植，最重要的就是水，所以「巡田水」是我ㄚ公的座右銘，
但現在ㄚ公站也站不起來……

回味著從ㄚ公曾經跟我說過，他寧願死在田裡，也不要死在家裡！
他活著就是要種田，不管爲什麼？他就是要種！
即使我們家的生活已經過得去了，他還是堅持每天辛苦種植，
種到了七十九歲，他的膝蓋鈣化了，走不動了，才真的放下……

種植與台灣這塊土地跟ㄚ公的生命是密不可分的，
即使我們全家人他別做了，但他總是頑固的跟全家人大罵！
我們在乎的是要ㄚ公把身體顧好多活久一點；
但ㄚ公在乎的只是活的時候要種田久一點，
他對於他生命熱衷土地的那份堅持，我感受到了，
也難怪我會這麼熱愛我的創作，因爲我跟ㄚ公一樣，
活著的時候，做我熱愛的事，活在我的夢想裡，久一點……

即使ㄚ公現在沒意識了，但在他耳邊叫著：「巡田水囉！」
他的眼睛會突然亮了起來，彷彿是要趕快騎著他的金旺摩托車，
帶著他的鋤頭衝往他夢想的田地，他就是我的ㄚ公，綽號「劉鋤頭」……
為了夢想，什麼都值得的農夫……

ㄚ嬤用她的生命不斷的告訴我，家與團圓是她最簡單的夢想，
一年一年的傳承，一年一年的延續，我終於知道我為何難過不起來！
因為ㄚ嬤已住在我的心中，我要把ㄚ嬤的心繼續活下去，
用我的生命，我的創作，愛我的家，愛台灣這塊土地，
ㄚ公ㄚ嬤……我愛你！

tone 17

明信片生活劇場——第二屆BenQ真善美獎作品大賞

策劃：明基友達文教基金會
責任編輯：李惠貞、繆沛倫
美術設計：王志弘
明信片攝影：林盟山
法律顧問：全理法律事務所董安丹律師
出版者：大塊文化出版股份有限公司
台北市105南京東路四段25號11樓
www.locuspublishing.com

讀者服務專線：0800-006-689
TEL：02-8712-3898　FAX：02-8712-3897
郵撥帳號：18955675　戶名：大塊文化出版股份有限公司

總經銷：大和書報圖書股份有限公司　地址：台北縣新莊市五工五路2號
TEL：02-8990-2588（代表號）　FAX：02-2290-1658
製版：瑞豐實業股份有限公司
初版一刷：2008年7月

定價：新台幣380元　Printed in Taiwan

明信片生活劇場——第二屆BenQ真善美獎作品大賞
明基友達文教基金會策劃．
初版．——臺北市：大塊文化，2008.07
面；公分．——（tone；17）
ISBN 978-986-213-054-4（平裝）

855　　　　　　　　　　　　　97006098